El mensaje

¡El libro también se
transforma! ¡Pasa
las páginas y verás!

Busca estos otros libros de la serie **ANIMORPHS**®
de K.A. Applegate:

ANIMORPHS ®

El mensaje

K.A. Applegate

SCHOLASTIC INC.
New York Toronto London Auckland Sydney
Mexico City New Delhi Hong Kong

Cover illustration by David B. Mattingly

Originally published in English as *The Message.*

ISBN 0-439-08783-X

12 11 10 9 8 7 6 5 4 3 2 1   9/9 0/0 01 02 03 04

Printed in the U.S.A.

First Scholastic Spanish printing, November 1999

A Michael

El mensaje

CAPÍTULO 1

Me llamo Cassie. Me gustaría decirles mi apellido pero no puedo. Tampoco puedo dar a conocer la ciudad ni el estado en el que vivimos. Nosotros, los animorphs, tenemos que mantener oculta nuestra identidad. No es que seamos tímidos. Se trata más bien de un acto de supervivencia.

Si los yeerks supieran quiénes somos, acabarían con nosotros. Lo harían matándonos directamente o convirtiéndonos en controladores. Si sucediera lo segundo, nos introducirían un gusano yeerk en el cerebro para dominarnos. A partir de entonces seríamos esclavos, simples instrumentos para llevar a cabo sus planes para invadir la Tierra.

1

La idea de vivir gobernada por un extraterrestre no me hace ninguna gracia, y no les digo nada, la idea de morir.

Por otra parte, ser un animorph tiene sus ventajas. Por ejemplo, el otro día muy tarde por la noche yo no estaba en la cama sino en el granero de casa, dispuesta a convertirme en una ardilla.

El granero es en realidad una clínica de rehabilitación de la fauna salvaje. Mi padre es veterinario, al igual que mi madre; ella trabaja en un zoológico muy grande que se llama Los Jardines. La clínica de rehabilitación de la fauna salvaje la atendemos entre mi padre y yo. Recogemos animales y pájaros heridos, los curamos y después los devolvemos a su hábitat natural.

Como les iba diciendo, me encontraba en el granero rodeada de jaulas en las que había toda clase de pájaros: desde una paloma que había chocado contra el parabrisas de un auto y no dejaba de quejarse, hasta un águila real que había estado a punto de electrocutarse en unos cables de alta tensión.

Al frente, al otro lado de la sala, están las jaulas más grandes. En ellas hay tejones, zarigüeyas, mofetas, un ciervo y un par de lobos que casi mueren envenenados. Al fondo, y lejos de los lobos, tenemos los caballos.

Hay además una sala de operaciones y un par de salas de postoperación pequeñas.

Volviendo a lo que pasó esa noche. ¿Alguna vez han observado de cerca a las ardillas en el parque? Siempre están alerta, mirando constantemente a todos lados. Es como si todo el tiempo estuvieran pensando: "¡Eh! ¿Qué es eso?".

Yo sabía que si me transformaba en una ardilla sería víctima de ese mismo miedo, pero el secreto estaba en controlarlo. Siempre que se adquiere la forma de un animal se debe superar su instinto, su mente animal. Lograrlo es un reto constante para los animorphs.

Así que ahí estaba yo, encerrada en un granero más bien lúgubre, iluminado sólo por unas cuantas bombillas amarillas que colgaban del techo. Se preguntarán por qué lo hacía. Tenía una buena razón. Alguien o algo se había estado colando en el granero y atacaba a nuestros pájaros. La noche anterior precisamente había desaparecido uno de nuestros pacientes, un pato.

Además, me costaba conciliar el sueño. Cuando lo hacía, tenía pesadillas. Era como si..., bueno, no sé. Lo único que puedo decir es que eran pesadillas muy raras.

—Tranquila, Magilla —le susurré a la ardilla que sostenía en mis manos—. No te voy a hacer daño. —Saqué un par de castañas de mi bolsillo y le ofrecí una. La otra rodó por el suelo.

Algunas metamorfosis son fáciles, otras dan miedo. Por ejemplo convertirse en caballo fue

3

genial. Sin embargo, cuando me transformé en trucha la cosa se complicó. Me obsesionaba la idea de que alguien me friera y luego me sirviera en la mesa con salsa tártara. Por cierto, detesto la salsa tártara.

"Ardilla —me repetía a mí misma una y otra vez—, ardilla gris." Siempre trato de imaginarme qué se siente cuando se es ese animal en el que me voy a convertir en breve.

Lo primero que cambió fue mi estatura. Empecé a encogerme. Es una sensación muy extraña porque aunque no te mueves, notas el suelo cada vez más cerca y el cielo más lejos. Las manijas de las puertas ya no están donde siempre. De repente, quedan por encima de tu cabeza.

Cuando ya me había encogido casi un metro, mis brazos también empezaron a disminuir. Entonces, la verdadera ardilla salió disparada de mis manos, se metió en la jaula y les juro que cerró la puerta. Mis piernas todavía eran normales, pero eso sí, cortas. Mis brazos resultaban minúsculos en comparación con mi cuerpo, pero todavía conservaba todos los dedos.

Mis orejas se desplazaron hacia la parte superior de mi cabeza. Me creció un pelaje gris que cubrió mi cuerpo por entero. Mi cara se infló y se proyectó hacia adelante. Y entonces vino lo mejor. Me salió la cola. Era genial porque todavía no era una ardilla completa. Me quedaban rasgos humanos como, por ejemplo, la estatura, que era todavía la de un niño pequeño cuando me brotó aquella cola de más de medio metro de largo. En realidad era mucho más larga y grande de lo que sería una vez que se hubiese completado el proceso de transformación.

Giré la cabeza y admiré aquella cola peluda que se arqueaba por encima de mi cabeza. Era alucinante.

De pronto mis piernas se hicieron más cortas y me encontré con la cabeza pegada al suelo de cemento del granero. Comprobé que no había barrido y fregado tan bien como pensaba. Es increíble lo que puedes llegar a descubrir cuando tu cara está tan sólo a un par de centímetros del suelo.

Justo entonces la mente de la ardilla se abrió paso en mi cerebro. ¡Qué cantidad de energía! Parecía que me habían dado una descarga de mil voltios. ¡Estaba acelerada! Mi cerebro humano, más perezoso y lento, se vio desbordado por aquella repentina explosión de vigor.

"¡Un ruido! ¿De dónde viene?"

Agucé el oído, moví la cabeza y fijé la vista. ¡Un pájaro enjaulado!

"¡Otro ruido! ¿Qué es?" —Me di la vuelta.

"¡Un momento! ¿Qué ha sido eso? ¿Y ese ruido? ¿Quién anda ahí?"

¡DEPREDADORES! ¡Estaban por todos lados! ¡Estaba rodeada! ¡DEPREDADORES!

"¡Pájaros!" Había pájaros enormes con unas garras espantosas al acecho.

"¡Un momento! Allí hay una castaña. ¡Cuidado! ¡Enemigos!"

Crucé la sala a la carrera. Miré a ambos lados. Movía el hocico sin cesar, olisqueando cada rincón.

¡Sí, había depredadores! Me llegaba su olor y además los podía oír. Había pájaros, un lobo, un tejón.

"¡DEPREDADORES! ¡A correr!"

"Un momento, ¿aquello de allí es una castaña?"

Me acerqué. Sí, ¡era una castaña! La agarré con mis diminutas garras delanteras.

"¡Ummm! ¡Está deliciosa!"

Enseguida le hice un pequeño agujero. ¡Había encontrado una castaña! ¡Era mía! Nadie me la iba a quitar.

"¡Un ruido! ¿Qué es? ¡DEPREDADORES! ¡No sueltes la castaña! ¡Corre!"

Me metí la castaña en la boca y eché a correr. Me subí por la pared de madera.

Justo en aquel momento apareció Tobías.

CAPÍTULO 2

Tobías se había colado por la parte de arriba del pajar.

Por desgracia mi parte de ardilla, que todavía tenía sometida por completo a mi parte humana, no captó que se trataba de Tobías. Yo sólo veía un ratonero de cola roja, es decir, un ave de rapiña. Y además, aquella ave no estaba encerrada en una jaula.

El ratonero revoloteaba por el techo del granero. Veía sus garras de acero y aquel pico curvado que podría abrirme como si fuera una lata de habichuelas.

Notaba su mirada clavada en mí.

"¡CORRE! ¡CORRE! ¡CORRE!" No sabía qué hacer. Es decir, yo, Cassie, no sabía qué hacer.

7

La parte humana había perdido las riendas. Debía recuperar el control, pero ¡estaba tan aterrada!

La ardilla, en cambio, no lo dudó un momento y reinició la escalada por la pared. Mis diminutas uñas aprovechaban las astillas y grietas de la madera para avanzar a toda velocidad. Si nunca han sido ardillas, que es lo más probable, es difícil que sepan lo que es subir una pared. La pared de madera se convirtió en el suelo, pero al mismo tiempo, yo percibía la diferencia entre arriba y abajo. Sabía que si me caía lo haría hacia abajo. Es como si estuvieras corriendo por tu casa y al tropezar fueras a parar a la pared.

Resultaba muy extraño.

Tobías se posó en uno de los salientes del techo. Sentía sus ojos de rapaz sobre mí. Me detuve en seco, paralizada por completo. Ni siquiera meneaba el rabo. Me quedé agarrada a la pared, totalmente inmóvil.

Aquello no podía durar mucho. La oleada de energía del animal no permitiría que permaneciera quieta demasiado rato.

De pronto, con un leve movimiento lateral, me lancé al vacío. Casi volaba. De un salto salvé lo que me pareció casi un kilómetro de distancia, pero que en realidad no sobrepasaría los tres metros, y aterricé sobre un travesaño de madera que hay encima de los establos.

No me salió bien la jugada porque Tobías captó el movimiento. Por el rabillo del ojo vi cómo extendía las alas y descendía con las garras en posición de ataque.

De repente... percibí otro movimiento. Algo grande y furtivo había empujado uno de los tablones del granero y dejado una apertura por la que asomaba la cabeza. Estaba justo debajo de mí. Era una cara alerta e inteligente. Me miraba preguntándose si ya tenía la cena de aquella noche.

¡Era un zorro! Había encontrado al misterioso asesino de pájaros.

Traté de controlar la mente de la ardilla. Siempre que te transformas en un animal por primera vez, tardas por lo menos un minuto en dominar sus instintos, pero yo no disponía de ese tiempo.

Tobías se lanzó hacia el suelo y entonces se armó una algarabía espantosa. Las aves empezaron a graznar y chillaron y piaron. Los lobos de la otra sala comenzaron a aullar y los caballos a su vez no cesaban de relinchar de un modo estridente.

Tobías se alejó desconcertado.

Demasiado tarde, porque yo ya había saltado

y me precipitaba al suelo cubierto de paja de uno de los establos, justo hacia donde estaba el zorro. Aterricé y salí disparada de allí levantando una polvareda en la huida.

Tenía al zorro pisándome los talones. Aquel terrible enemigo era muy rápido.

<¡Tobías! ¡Ayúdame!>, le pedí telepáticamente.

<Pero ¿qué...? ¿Eres tú, Cassie?>

Giré a la izquierda y el zorro me imitó. Era mucho más rápido que yo y casi igual de ágil. Si no encontraba pronto un sitio al que pudiera subirme, acabaría conmigo.

<¡Sí, soy yo!>

<¿Por qué no me lo dijiste antes? —protestó un poco enfadado—. Estuve a punto de zamparte.>

<Me acabo de transformar y me ha llevado tiempo controlar la mente de esta ardilla chiflada. ¿Me puedes hacer un favor? ¡Sácame de ésta!>

En ese momento, sentí cómo los dientes del animal peinaban los pelillos de mi cola. Por suerte, no cerró la boca a tiempo.

<¡Madre mía!>, exclamó Tobías al tiempo que extendía las alas y se lanzaba en picado contra el zorro.

El animal, al ver que la enorme sombra de un ratonero lo cubría, se paró en seco. Fue inútil;

Tobías, al pasar, le arañó la cabeza con las garras.

El zorro decidió que ya tenía bastante y se largó por donde había venido.

Tobías se posó sobre una de las vigas del granero y me dirigió una de esas miradas escrutadoras propias de un ratonero.

<Cassie, ¿qué estás haciendo aquí a las doce de la noche y convertida en una ardilla?>

<Verás —le dije mientras iniciaba el proceso de volver a mi estado natural—, estos últimos días nos han desaparecido algunos pájaros. Pensábamos que se trataba de un tejón, de un mapache o de un zorro. Lo que no sabíamos era por dónde entraba. Así que decidí transformarme y esperar al asesino.>

<Bueno, desde luego yo no soy el más indicado para criticar a alguien que rescata pájaros>, señaló. Se arregló el plumaje, concentrándose sobre todo en algunas plumas que habían quedado algo alborotadas.

Mientras tanto yo iba cambiando poco a poco. Empecé a crecer y a notar que me salían las piernas. La boca tardaba en aparecer.

<Y tú, ¿qué haces por aquí? ¿Andabas buscando un sándwich de ardilla o qué?>

Tobías ya se había resignado a ser para siempre un ratonero de cola roja. Cazaba y comía como un ratonero de verdad, aunque a veces to-

11

davía se mostraba un poco susceptible cuando se hablaba del tema. De todas formas, pensé que una broma inocente no le sentaría mal.

<¿Un sándwich de ardilla? —repitió—, ¡qué va!, la prefiero asada. Perdona por haberte asustado.>

—No te preocupes —contesté ya con mi voz humana. Por fin volvía a tener mi boca. Casi había terminado de transformarme, con excepción de la enorme cola que permanecía en el mismo sitio.

Lo cierto es que la cola era proporcional a mi estatura, que podríamos considerar mediana. Soy de constitución sólida, ni muy delgada ni muy gorda. Llevo el pelo corto porque así no me molesta. Mis amigos les dirían que en materia de ropa no soy precisamente la reina de la moda. Si quieren hacerse una idea de cómo soy, imagínense a una chica con un overol y unos guantes de cuero para trabajar, que se muerde el labio inferior cuando se concentra en hacerle tragar una píldora a un tejón.

Una vez Jake me sacó una foto haciendo eso justamente. La colgó al lado de la computadora en su habitación. No me pregunten por qué. A mí me gustaría que tuviera una en la que yo llevara un vestido de chica. Seguro que Rachel estaría encantada de prestármelo. Pero Jake dice que le gusta esa foto.

<He oído un ruido>, me advirtió Tobías puesto en guardia.

Escuché con atención; sin embargo, el oído humano es tan débil que no conseguí oír nada. Prácticamente todos los animales oyen mejor que el hombre. Entonces, me llegó un ruido. Se escuchó una voz.

—¿Hay alguien ahí?

—¡Mi padre!

<¡Todavía tienes la cola!>

Demasiado tarde, la puerta del granero se abrió y apareció mi padre con cara de sueño y una linterna en la mano.

—¿Cass? ¿Qué haces aquí?

—Na-na-nada, papá. —Traté de ocultar la cola con las manos, procurando mantener la concentración para que desapareciera cuanto antes—. Es que no... no podía dormir.

—Bueno, sí, pero ahora, vete a la cama —ordenó un poco enojado. Mi padre es una de esas personas que necesita una hora y tres tazas de café para despertarse.

—Muy bien, papá.

—¿Cassie? —dudó por un momento—. Date la vuelta.

—¿Que me dé la vuelta? —repetí yo con voz chillona.

—Sí, sí, date la vuelta. Es que... date la vuelta, por favor.

13

Giré muy despacio y justo a tiempo la cola se esfumó.

—Hum... —exclamó mi padre—. Mejor será que me vaya a dormir. Habría jurado que tenías rabo.

—Ja, ja, ¡qué gracioso! —exclamé, aunque mi risa no sonaba convincente.

Cuando se fue, me dejé caer sobre un montón de paja.

—Debería haberme quedado en la cama —le comenté a Tobías—, a pesar de los sueños.

<¿Sueños? —repitió—. ¿Qué clase de sueños?>

—No sabría explicarlo muy bien. —Me encogí de hombros—. Algo muy raro relacionado con el mar.

<El mar —observó—, y una voz que te llama desde las profundidades del océano.>

Hacía calor en el granero, pero de repente empecé a sentir mucho frío.

CAPÍTULO 3

—No, no tengo sueños raros sobre el mar —contestó Marco—. He soñado que mis sábanas intentaban estrangularme, que me precipitaba al vacío desde una altura considerable y que al final aterrizaba en la casa de *Los Simpson* y hablaba con Bart. He soñado con una de las chicas que salen en *Los vigilantes de la playa*... claro que..., bien mirado, algo de relación sí que tiene con el mar.

—¿De verdad has soñado con Bart Simpson? —le preguntó Rachel con un gesto de preocupación—. ¡Vaya, vaya! —Agitó la cabeza y chasqueó la lengua.

—¿Se puede saber qué tiene de extraño soñar con Bart? —preguntó Marco.

—Lo único que sé —respondió Rachel encogiéndose de hombros— es que quizá deberías ver a un especialista antes de que empeores. —Rachel se dio la vuelta para que Marco no pudiera verle la cara y me guiñó un ojo.

—Muy graciosa —le contestó Marco con sarcasmo, aunque mostraba cierta inquietud.

Nos encontrábamos en la habitación de Rachel. Nos habíamos reunido allí después de clase. Tiene una habitación preciosa. Parece sacada de una revista, todo hace juego. Hay un tablero de anuncios lleno de cartelitos amarillos con dichos populares.

Me acerqué al tablero y comencé a leer: "No creas que no hay cocodrilos sólo porque el agua esté en calma" (proverbio malayo).

A su lado había otro que decía: "Si conoces al enemigo y te conoces a ti mismo, no temas por el resultado de la batalla que libres" (Sun Tzu).

Me puse un poco triste. En los viejos tiempos Rachel habría tenido un montón de citas sobre la bondad y cosas por el estilo. Aquello era un claro ejemplo de lo mucho que nuestras vidas habían cambiado.

En muy poco tiempo nos habíamos acostumbrado a vivir en un mundo de terror, plagado de peligros. Habíamos llegado a casa de Rachel por separado, tras asegurarnos de que nadie nos había seguido. Habíamos planeado la tarde con antelación para estar seguros de que la madre de Rachel y sus hermanas estarían afuera.

Tobías sobrevolaba el área para comprobar si había moros en la costa.

En eso se habían convertido nuestras vidas, en eso y en frases paranoicas con presagios de guerra.

Jake todavía no había pronunciado palabra. Tobías y yo les habíamos contado a los demás lo de nuestros sueños idénticos: la extraña voz que nos llamaba desde las profundidades del mar.

Nadie había oído aquella voz en sus sueños. Marco, como siempre, había bromeado. Rachel se había mostrado receptiva aunque un poco escéptica. Jake era el único que guardaba silencio.

Podría decirse que Jake es como nuestro jefe, aunque no es nada mandón. Es más bien algo innato en él. Y es a él hacia quien todos dirigimos automáticamente la mirada cuando surge algún problema.

Claro que hay otras razones por las que lo admiro. Jamás me atrevería a decírselo, por supuesto, pero Jake me gusta mucho.

Es superguapo, alto y fuerte. Tiene el pelo castaño y los ojos muy oscuros. Parece serio hasta que lo conoces. Entonces descubres que sí, que es un chico serio, pero que también sabe cuándo reírse.

No le ha quedado más remedio que saberlo,

porque su mejor amigo desde que llevaba pañales ha sido Marco. Los dos siempre están rivalizando y peleándose. Casi nunca están de acuerdo en nada. La misión de Marco en esta vida es sacarle punta a todo. Se ríe de todo, incluso de su mejor amigo.

Marco también es bastante guapo, pero no es mi tipo. Su pelo es castaño y lo lleva largo. Tiene unas pestañas increíblemente largas que me encantaría tener.

A Marco no le interesa liderar un grupo, ni siquiera formar parte de él. De hecho, si por él fuera, hace ya mucho que habríamos abandonado nuestra misión. Pretende que nos olvidemos de los yeerks y que tratemos tan sólo de sobrevivir a ellos. Por otro lado, es él quien está más al tanto de las cuestiones de seguridad. Es él, por ejemplo, quien se encarga de que nunca digamos algo que pueda comprometernos por teléfono: el enemigo podría estar al acecho.

Rachel es mi mejor amiga. Lo ha sido desde hace años. ¿Cómo podría describirles a Rachel? Para empezar, salta a la vista que ella y Jake son primos porque tienen mucho en común. En esa familia todos parecen tener mucho carácter, porque Rachel es la persona más fuerte que conozco. Nada parece intimidarla. No le tiene miedo a nada o, por lo menos, ésa es la impresión que da.

Cualquiera que la viera pensaría: "acabará convirtiéndose en una Barbie de cabeza hueca": es alta, guapa y rubia. Pobre del que califique a Rachel de creída y que piense que tiene la cabeza llena de pajaritos.

A veces creo que Rachel, en el fondo, disfruta con todo esto, como si la situación que estamos viviendo le brindara la excusa perfecta para mostrar al mundo la amazona que lleva dentro.

Sin embargo, no es el tipo de chica que se tomaría en serio el tema de los sueños.

—Bueno, de acuerdo —intervino Rachel—, si ya hemos acabado con lo de los sueños, pasemos a...

—Rachel —interrumpió Jake—, creo que tengo algo que nos puede interesar. —Sacó una cinta de video de su mochila.

—¡Qué! ¡Vamos a ver una película! ¡Por fin algo divertido! —celebró Marco.

—No es una película —aclaró Jake—. Supongo que nadie vio las noticias ayer por la noche.

—Anoche estuve viendo los episodios que tenía grabados de *Los Simpson* —añadió Marco lanzándole una mirada maliciosa a Rachel.

Jake miró hacia el techo y puso los ojos en blanco. Era su gesto característico cuando Marco soltaba alguna tontería fuera de lugar.

—Rachel, ¿podemos ir abajo y usar tu video?

—Pues claro —contestó Rachel.

Bajamos las escaleras en tropel, excepto Tobías, que revoloteaba por encima de nuestras cabezas.

—Oye, Tobías —lo llamó Marco—, siempre he querido hacerte una pregunta: ¿los ratoneros son como las gaviotas?, es decir, ¿hacen sus necesidades mientras están volando?

<Depende de quien esté debajo —le replicó de inmediato—. Te haré una demostración, si algún día me pones muy nervioso, será mejor que lleves un sombrero.>

Ya en el salón de Rachel, Jake encendió la televisión y puso la cinta de video.

—Es sólo una pequeña historia —explicó mi amigo. En la pantalla apareció un tipo de edad en traje de baño sujetando algo que parecía de metal.

—¿Me quieres explicar qué tiene de interesante un viejo peludo que mejor haría en ponerse una camiseta?

—Ese tipo dice que encontró eso en la playa. Lo trajo la marea durante la tormenta de hace un par de días. Observen atentamente.

La cámara enfocó una especie de metal dentado de más de medio metro de largo y de unos treinta centímetros de ancho. Gracias a un primer plano pudimos distinguir unas letras, sólo que no pertenecían a ningún alfabeto conocido.

Luego, la cámara enfocó a la sonriente presentadora y poco después se acabó la grabación. Jake apagó el video.

—Muy bien... ¿y? —le pinchó Marco.

—Pues que la noche en la que el príncipe Elfangor aterrizó —Jake dejó escapar un suspiro—, cuando entré en la nave a buscar la caja que nos daría el poder de transformarnos, vi algo escrito.

Sentí un escalofrío.

—Podría estar equivocado. No soy un experto —prosiguió Jake—, pero juraría que se trata del mismo alfabeto, de las mismas letras.

De repente, las risas se apagaron, incluso las de Marco.

—Creo que lo que el mar devolvió a la playa es un pedazo de una nave andalita —concluyó Jake.

De pronto, sentí que el suelo se tambaleaba y caí hacia atrás. Ni siquiera me importaba que fuera Jake quien me sujetara en sus brazos para evitar que cayera al suelo.

CAPÍTULO 4

Me caía, me caía directamente al mar.

¡Plaf! Choqué contra el agua, pero seguía cayendo hacia el fondo, atravesando las aguas claras de color verde azulado.

<Estoy aquí —me llamaba una voz—. Estoy aquí. No me queda mucho tiempo. Si me oyes... ven. Si me oyes... ven.>

De repente, abrí los ojos. Lo primero que vi fue la cara preocupada de Jake.

Examiné la habitación y vi a Rachel teléfono en mano dispuesta a marcar.

—¡Se ha despertado! —anunció Jake.

—Aun así, será mejor que llame a una ambulancia —señaló Rachel.

—¡No! —exclamó Marco—. No, a menos que esté herida. Es demasiado arriesgado.

—Estoy llamando al servicio de emergencia —contestó Rachel tajante.

Sus ojos brillaban del modo que suelen hacerlo cuando alguien le dice algo que no desea oír.

—No, Rachel, estoy bien —logré articular al tiempo que me incorporaba. La cabeza me daba vueltas, pero, por lo demás, estaba bien.

Rachel vaciló un momento. Sus dedos todavía estaban sobre las teclas del teléfono.

—¿Dónde está Tobías? —preguntó.

Miré a mi alrededor y vi a Tobías extendido en el suelo, con una de las alas aplastada bajo su cuerpo. Parecía estar muerto.

Me levanté de un salto y me acerqué corriendo adonde yacía el ratonero.

—Rachel, Cassie parece encontrarse bien, y el servicio de emergencias no puede hacer nada por Tobías —añadió Jake.

Rachel colgó y se acercó de inmediato a Tobías.

—No está muerto —informé yo. Sentía su respiración. De repente, y al igual que me había sucedido a mí, se despertó. Abrió sus enormes ojos marrones de ratonero, que enseguida brillaron con la intensidad acostumbrada.

Su primera reacción fue la de un ratonero de

verdad: se puso en pie y se infló. Los ratoneros se hinchan igual que lo gatos cuando quieren intimidar a alguien. Levantan los hombros y agitan e hinchan las plumas para parecer más grandes de lo que son.

—No se muevan —ordené—. Tranquilo, Tobías, perdiste el conocimiento durante un rato.

<¡Qué extraño!>, exclamó Tobías. Había conseguido controlar los instintos del animal.

—A mí también me pasó —le dije yo—. Me desmayé y volví a tener el sueño, sólo que esta vez la voz me llegó claramente por telepatía.

<Y a mí>, confirmó Tobías.

—Bueno, esto empieza a complicarse —intervino Rachel—, porque creo que yo también he oído algo.

—Sí —asintieron a su vez Jake y Marco.

<Sé que esto puede sonar a locura, pero es... es como si alguien estuviera en peligro y pidiera ayuda urgentemente.>

—Sólo que ese alguien está en el agua, en las profundidades del océano o... no sé... —añadí—. Al ver ese video, al ver esas letras, la llamada se ha hecho más fuerte.

—Quizás haya sido una coincidencia —apuntó Jake—. Lo que está claro es que esto no es un sueño. No sé lo que es, pero no es un sueño. Hasta yo he percibido algo. Da la impresión de que alguien trata de comunicarse con nosotros.

—Muy bien, todo eso está muy bien —agregó Marco—, pero ¿y qué? Lo que quiero decir es que, bueno, estamos recibiendo un mensaje telepático de la sirenita y... ¿qué se supone que debamos hacer?

—¿Cassie? —me preguntó Jake mirándome desde muy cerca—. ¿La voz que oías era humana?

Me sorprendió la pregunta porque no me había detenido a pensarlo. De hecho, solté una carcajada.

—Cuando me has hecho la pregunta, la primera respuesta que me ha venido a la cabeza es que no, claro que no. —Me reí de nuevo—. Pero no tiene ningún sentido.

<No, no es una voz humana —intervino Tobías de pronto—. Yo la entendí, pero no era humana. No habla articulando palabras.>

—Entonces, ¿qué es? —preguntó Rachel—. ¿Es un yeerk?

—No, no es un yeerk. —Dejé que mi mente regresara al sueño. Intentaba escuchar de nuevo la voz en mi cabeza—. Me recuerda a algo..., sí, a algo conocido.

<Al andalita>, espetó Tobías.

—¡Sí! —Chasqueé los dedos—. ¡Exacto! Me recuerda al andalita cuando se comunicó con nosotros por telepatía la primera vez. ¡Eso es!

—El andalita —murmuró Marco. Tenía la mi-

25

rada perdida. Sabía que estaba recordando el pasado, como todos los demás.

Cortamos camino por el terreno en construcción y fue allí cuando se nos apareció el andalita.

La nave aterrizó y de ella salió Elfangor, el príncipe andalita, gravemente herido en una batalla librada contra los yeerks en algún rincón perdido del hiperespacio.

Elfangor fue quien nos previno contra los yeerks, unos parásitos que habitan los cerebros de otras criaturas y las esclavizan, convirtiéndolos en controladores bajo su mando. Fue el andalita quien nos advirtió del peligro y quien, desesperado, nos había concedido nuestra magnífica y, a la vez, temible arma: el poder de transformarnos.

Cuando los yeerks capturaron al pobre andalita, nosotros estábamos escondidos, temblando de miedo. Fuimos testigos de cómo el propio Visser Tres, el líder de los yeerks, acabó con la vida de Elfangor.

Me estremecí al recordar aquel último grito desesperado del andalita.

—Sí —susurré yo—, Tobías tiene razón. Debe tratarse de un andalita que nos está llamando desde el fondo del mar. Sí, es un andalita. No puede ser nadie más.

Nadie pronunció palabra durante unos minutos.

—El andalita murió en su intento de salvarnos —recordó Rachel mientras le lanzaba una mirada retadora a Marco—. Ya sé que eso no significa nada para ti, pero el andalita murió luchando por salvar la Tierra.

—Ya lo sé —protestó Marco—, y estás muy equivocada si piensas que eso no significa nada para mí.

—¿Ah, sí? Muy bien, pues si la llamada la lanza un andalita, yo voy a hacer todo lo posible por ayudarlo —añadió Rachel.

Jake y yo nos miramos como diciendo: "¡Qué sorpresa!, Rachel está dispuesta a ayudarlo." Traté de disimular una sonrisa y Jake no movió ni un solo músculo de la cara.

—Tobías —preguntó Jake—, ¿tú qué opinas?

<No creo que mi opinión cuente demasiado esta vez. No les serviría de mucha ayuda en el agua. Además, ya saben cómo yo votaría.>

De todos nosotros, había sido Tobías el que más tiempo había permanecido al lado del andalita, incluso después de que éste le hubiera ordenado que se pusiera a cubierto. Un vínculo muy especial se había establecido entre los dos.

—Yo no puedo despreocuparme de alguien que está en peligro —intervine—, si eso es lo que estamos discutiendo aquí.

Todos miramos a Marco. Me di cuenta de que

27

Rachel estaba perdiendo la paciencia, y se estaba preparando ya para saltar sobre Marco, como hace siempre que no está de acuerdo.

—De verdad que detesto hacerles esto —se burló Marco—. Me disgusta decepcionarlos. —Se puso muy serio—. Yo también estaba en ese terreno en construcción, como ustedes. Y estaba allí cuando Visser Tres... —De repente enmudeció—. Lo que quiero decir es que si hay un andalita en peligro, pueden contar conmigo.

CAPÍTULO 5

—¿No les parece que si nosotros hemos venido hasta aquí, hasta la playa, por la noticia que salió en la tele, es bastante probable que también haya controladores merodeando por los alrededores? —preguntó Marco por enésima vez.

—Sí, Marco —contestó Jake armado de paciencia—, pero tal vez Cassie y Tobías perciban algo más si están al lado del mar.

—A ver si lo entiendo, hemos tomado la decisión de venir hasta aquí basándonos en unos sueños que tuvieron Cassie y Tobías, ¿no es eso? —observó Marco—. Mis sueños, claro, no cuentan, ¿verdad? Que yo una vez soñara que me quedaba en casa y veía la televisión sin más, no significa nada, ¿verdad?

29

—Exacto —respondió Jake tranquilamente.

Nos hallábamos en la playa en que el tipo del informativo había encontrado lo que nosotros creímos que podría ser un fragmento de una nave andalita. Era de noche y en las negras aguas se reflejaban pinceladas de luna plateada. La brisa salina me transmitía serenidad y exaltación al mismo tiempo. Siempre que me sentaba frente al mar su inmensidad me sobrecogía.

No hay nada tan grande como el mar. Es como un enorme planeta, poblado por extrañas plantas y animales fantásticos, un planeta que esconde valles, montañas, cuevas y vastas llanuras.

Lo único que veía era la superficie, y lo único que sentía eran las olas acariciándome los pies al romperse en la orilla. Percibía la magnificencia del océano y me sentía pequeña a su lado.

—¿Y qué hay de aquel sueño mío de vivir lo suficiente para sacar el permiso de conducir?

—Marco —respondió Jake bastante irritado—, puedes convertirte en pájaro y volar cuando quieras. ¿Para qué preocuparse ahora por si puedes conducir un auto de aquí a pocos años?

—Por las chicas —contestó Marco sin vacilar—. Creo que siendo pájaro es difícil hacer contactos. —Dirigió la vista hacia lo alto, donde lo único que distinguíamos entre el manto estrellado era una sombra de alas negras—. No te ofendas, Tobías. Las alas son geniales, pero yo sueño con cuatrocientos caballos de fuerza de color rojo chillón.

El arranque solidario de Marco no duró mucho. Yo ya me lo imaginaba. Marco no está contento si no se queja de algo, igual que Rachel, que disfruta discutiendo. Y Tobías jamás se muestra feliz. Tiene miedo de que, si alguna vez lo consigue, alguien venga y le arrebate esa felicidad.

—Bueno, Cassie —me preguntó Rachel—, ¿sientes algo?

—La verdad es que me siento un poco avergonzada y un poco tonta.

—¿Por qué no llamamos a ese programa en el que sale gente que ha vivido experiencias paranormales? —sugirió Marco—. ¿Sí?, ¿hola? Miren les llamaba porque últimamente he soñado con extraterrestres...

—Hay algo que me pregunto sobre Cassie y Tobías —dijo en alto Rachel, sin hacerle el menor caso a Marco—. ¿Por qué reciben ellos claramente unos mensajes que nosotros apenas percibimos?

—No lo sé —respondió Jake haciendo un gesto negativo con la cabeza—. Bueno, imagínate que eres un andalita y que quieres pedir ayuda. ¿Quién querrías que venga a rescatarte? Otros andalitas, sin duda.

—Pero ni Tobías ni yo somos andalitas —objeté.

—Lo sé —convino Jake—, pero tal vez esta comunicación, o lo que sea, está ligada a nuestra capacidad de transformación, es decir, que el hecho de poder cambiar de forma permita oír el mensaje. De esa manera, sólo los andalitas tendrían acceso a la llamada de auxilio.

—Lo cual tampoco explica por qué Tobías y yo...

—Puede que sí —intervino Marco muy serio—. Escuchen, Tobías está siempre transformado y, Cassie, tú eres la que demuestra mayor talento para la metamorfosis. —Sus dientes blancos relucían en la oscuridad de la noche—. Además, entre los animales y los humanos, tú prefieres a los animales, que es casi lo mismo que estar transformada todo el tiempo.

De pronto, una masa oscura pasó rozando nuestras cabezas.

<¡Luces! —anunció Tobías—. Allá arriba hay una hilera de gente con linternas. Parece que están buscando algo. Ustedes no los pueden ver porque los tapa esa duna. Llegarán aquí de un momento a otro.>

—¿Quiénes son? —preguntó Jake.

<No sé —contestó Tobías—. Mi vista es superior a la de ustedes durante el día, pero por la noche veo igual o menos que ustedes. Soy un ratonero, no un búho. Por suerte, mi oído sigue siendo bueno. Escóndanse en las dunas, que vuelvo enseguida.>

Tobías desapareció.

—Vamos —ordenó Jake—. Tiene razón. Vamos a escondernos detrás de esas dunas.

Nos apretujamos entre dos elevaciones. Me tumbé boca abajo sobre la fría arena, ocultándome entre las hierbas que crecían altas en la playa, sin perder de vista la superficie del mar.

Tobías volvió al cabo de un rato.

<Son ellos —informó. Se había posado en un trozo de madera que el mar había devuelto—. Es un grupo de La Alianza. Chapman está con ellos. —Volvió la cabeza hacia Jake—. Y Tom también.>

La Alianza es una organización encubierta de los yeerks. En teoría se trata de una organización sin límite de edad, como los *scouts* o algo por el estilo, pero en realidad, es un pretexto de los controladores para captar nuevos portadores de yeerks. Aunque resulte difícil creer, algunos humanos se prestan voluntariamente para convertirse en portadores. Los yeerks los prefieren. A ellos les resulta mucho más fácil tener un portador voluntario que uno que se resista a serlo.

Actúan con mucha sutileza, claro. Atraen a la

gente poco a poco. Es un proceso largo. Los nuevos miembros al principio no tienen ni idea de qué está ocurriendo. Creen que todo es juego y diversión.

No sé en qué momento le comunican a la gente su objetivo real, aunque supongo que para entonces ya es demasiado tarde para echarse atrás. No les permiten elegir: si no se someten a ser portadores voluntarios, les ocurre como a Tom, el hermano de Jake, que fue obligado a serlo.

—¿Tom está con ellos? —inquirió Jake.

<Sí, claro —contestó Tobías—. Los miembros más antiguos, como Chapman y Tom, van detrás de los demás. Oí parte de su conversación. Están preocupados por el fragmento de nave andalita.>

—Así que pertenece a un andalita, ¿eh? —exclamó Rachel emocionada.

<Supongo que sí —corroboró Tobías—, sin embargo he oído algo más.>

—¿Qué? —pregunté yo. La manera en que lo dijo me sobresaltó.

<Algo sobre que Visser había tenido visiones. Eso es lo que dijeron: visiones. Y al parecer esas visiones lo habían puesto de muy mal humor. Se ve que estando en la nave principal arrojó a un hork-bajir por una esclusa porque el pobre había interrumpido su concentración.>

—Visser tiene visiones porque está en un cuerpo andalita —añadió Marco.

—Exacto, ésa es la conexión. Esos sueños o visiones, o lo que sean, deben ser una forma de comunicación dirigida, en teoría, exclusivamente a andalitas.

De pronto la fila de linternas apareció ante nuestros ojos. Unas veinte personas avanzaban lentamente por la playa, con la mirada puesta en la arena.

—Están buscando más fragmentos —susurré.

Parte de la fila se detuvo. Oí que alguien gritaba. Los demás se acercaron corriendo, nerviosos.

—¿Qué habrán encontrado? —se preguntó Jake.

—No lo... —Entonces, un pensamiento me cruzó la mente—. ¡Nuestras huellas! ¡Cuatro pares de pisadas frescas aparecidas de repente en la arena!

—¡Vámonos de aquí! —ordenó Jake—. ¡Ahora!

¡Demasiado tarde!

Las ráfagas de las linternas recorrían la arena ondulada y se acercaban a las dunas. En un instante docenas de rayos de luz iluminaron el agujero en el que estábamos agazapados.

Nos alejamos arrastrándonos sin perder un segundo. No nos habían visto. Así que nos incorporamos y salimos corriendo.

—¡Tenemos que transformarnos! —consiguió

decir Rachel mientras rodábamos por la ladera de las dunas que parecían haberse convertido en ríos de arena que se deslizaban con nosotros.

—¡No! —protestó Marco—. Dejaríamos huellas de humanos justo antes de convertirnos en animales.

—¡Atrápenlos! —bramó alguien. Juraría que era la voz de Chapman, el subdirector de nuestro colegio. Reconocía su voz porque siempre lo oía gritando en los pasillos.

Ráfagas de luz incontroladas bailaban a nuestro alrededor. Tratábamos de esquivarlas corriendo lo más rápido posible. Pero correr por la arena era como tratar de avanzar por tierras movedizas.

Jake, con la respiración entrecortada, nos susurraba instrucciones:

—Nos separaremos en parejas..., si nos siguen por entre las dunas..., nos separaremos en parejas... Después, métanse en el agua y... entonces, transfórmense.

—¡Allí están! ¡Ya los veo!

Una ráfaga de luz me iluminó. Vi mi sombra, alargada y retorcida, proyectada en la arena. Me desvié hacia la izquierda, fuera de la luz, justo a tiempo.

¡BAM! ¡BAM!

¡Disparos! ¡Alguien me estaba disparando!

CAPÍTULO 6

¡Aquello era de locos!

He luchado cuerpo a cuerpo hasta la muerte, una vez contra un guerrero hork-bajir de unos dos metros de alto. Me han disparado con una pistola de rayos dragón, de esas que te van desintegrando lentamente. Pero jamás me habían disparado con una pistola normal y corriente.

Después de todo lo que habíamos pasado, resultaba un poco absurdo.

¡BAM! ¡BAM! ¡BAM!

¡Fisss!

Algo cayó a tan sólo unos centímetros de mi pie.

—¡Ayyy! —chillé asustada.

Aquello era real.

¡Sí, real! Estaba sucediendo de verdad.

Una mano me agarró con fuerza y tiró de mí hacia delante. Era Jake. Me había quedado paralizada al oír la bala tan cerca de mí.

<¡Están todos en las dunas! —exclamó Tobías—. ¡Ahora es el momento!>

—¡Vamos! —ordenó Jake. Había escalado una duna arrastrándome; entonces conseguí reaccionar y corrí por mis propios medios. Subí otra de las dunas como una bala, sujetándome a las matas. Al llegar a la parte de arriba, nos dejamos caer y bajamos casi rodando hasta alejarnos lo suficiente.

Llegamos a la playa. Eché un vistazo a la derecha. No se distinguía ninguna luz en la playa. Debían estar buscándonos todavía en las dunas.

—¡Todos al agua! —ordenó Jake—. Transfórmense en peces.

—Jake —dije yo jadeando—. Las truchas... son peces de agua dulce y... esto es el mar.

—¿Se te ocurre algo mejor? —preguntó él.

¡BAM! ¡BAM!

—No —contesté yo. Nos sumergimos en el agua de inmediato. Mientras corría, trataba de visualizar el pez. Me acordaba de la vez en que me había convertido en trucha. Intenté concentrarme. No es muy fácil cuando tienes una docena de controladores o más pisándote los talones y disparando.

Mis pies se esfumaron. Primero se arrugaron y después desaparecieron. Me zambullí en el agua y tragué una buena bocanada de espuma salada. Intenté mantener la cabeza a flote, pero mis brazos disminuían rápidamente. Las olas crecían cada vez más porque yo me iba encogiendo. Mi ropa se infló en el agua.

Los miembros de La Alianza, los controladores, se apresuraron hasta la orilla. Yo veía el reflejo de las luces bastante distorsionado ya, porque mis ojos humanos adaptados al aire se estaban convirtiendo en ojos de pez.

—Las huellas conducen directamente al agua —conseguí oír con lo poco que aún me quedaba de mi sentido auditivo.

Era la voz de Tom. Después habló Chapman:

—No los veo. No pueden haber ido muy lejos, la corriente es demasiado fuerte. Dispérsense y exploren cada rincón.

—¿Crees que pueda tratarse de una avanzada andalita?

—No, las huellas son humanas. Probablemente sea un grupo de chiquillos. Dudo que hayan visto algo. Ese idiota no debería haber disparado.

—Señor —intervino otra voz—, hemos encon-

39

trado unos pantalones vaqueros en la orilla. Parecen de chico.

—¿Hay algún rastro que indique a quién pertenecen?

—No, no hay nada.

—Seguramente sólo ha sido una casualidad —observó Chapman.

—Si son humanos, ¿cómo es que no están por ningún sitio? —preguntó Tom—. Cuatro pares de pisadas humanas y no hay nadie en el agua. Es muy extraño. ¿No será que Visser está equivocado y no se trata de andalitas?

Justo en ese momento me sumergí del todo. La metamorfosis casi se había completado. Pero, al irme hacia abajo, alcancé a oír la risa cruel de Chapman:

—¿El Visser equivocado? Quizá. Pero yo, desde luego, no voy a ser el tonto que se lo diga.

La transformación había terminado. Ahora era un pez de menos de treinta centímetros de largo. Una trucha, para ser exactos, deliciosa a la parrilla, frita o al horno.

La sal estaba dañando mis escamas y apenas podía respirar a través de las branquias.

<¿Están todos bien?> Era Jake. Como nos habíamos transformado, hablábamos a través del pensamiento.

<Yo estoy bien —le tranquilicé—, pero me

cuesta mucho respirar. Será mejor que nos apre-
suremos.>

<Estoy de acuerdo con Cassie —añadió Ra-
chel—. Tengo la sensación de que mis escamas
se están quemando y me arden las branquias.>

<Manténganse en la orilla izquierda y sigan
nadando a la máxima velocidad>, indicó Jake.

<¿Marco? ¿Estás ahí?>

<Pues claro. ¿Dónde iba a estar si no? ¿Hay
algo más divertido que correr por entre las dunas
mientras te disparan y sumergirte después en el
mar, donde te conviertes en una trucha que, por
desgracia, no vive en agua salada? No me lo per-
dería por nada del mundo. Y ahora, si no les molesta, ¿podríamos irnos a casa de una vez a ver la
tele?>

CAPÍTULO 7

Dejamos de vernos durante unos días, excepto cuando nos encontrábamos en los pasillos de la escuela.

Aparte de ser animorphs, hacemos muchas otras cosas.

Rachel dedica parte de su tiempo a hacer gimnasia. Además, tuvo que acudir a una especie de homenaje donde su madre fue galardonada como la Mejor Abogada del Año. Conociendo a Rachel, seguro que invirtió un día entero en comprarse el atuendo que iba a llevar a la cena.

A Jake lo aplazaron en un examen por no haber estudiado, así que tuvo que hacer un trabajo de recuperación. Yo andaba ocupada ayudando a mi padre con el granero. La pobre águila real que casi muere electrocutada estaba pasando por la fase más difícil de su recuperación.

Tobías se acercó por el granero una tarde y estuvo un poco impertinente. Las águilas reales y los ratoneros no se llevan bien, probablemente porque es sabido que ocasionalmente las águilas reales matan y comen ratoneros.

Al cabo de unos días, Jake pasó por casa. Había venido en bici. No lo esperaba, y no estaba vestida de manera que me favoreciera mucho. Además, apestaba porque estaba limpiando los establos y las jaulas.

Típico de los chicos. Siempre aparecen en el momento más inoportuno, justo cuando estás hecha un asco.

—¡Hola, Cassie! —saludó como si nada.

—¡Hola, Jake! ¿Has venido para ayudarme a sacar el estiércol?

—No lo sé. ¿Tú que opinas? —replicó esbozando una sonrisa. Jake tiene una sonrisa maravillosa. Va surgiendo muy lentamente, como si en realidad no perteneciera a ese rostro tan serio.

—Que sí —le contesté y le pasé una pala—. No voy a ser yo la única que apeste.

Trabajamos durante un rato, sin decir una palabra. El único sonido era el roce de la pala contra el cemento. Estaba segura de que me quería decir algo. Casi siempre acierto. Esperé a que hablara cuando él lo considerara oportuno.

—Entonces, ¿qué? —dijo por fin.

—¿Qué de qué? —repliqué.

—Pues, creo que todos están esperando a que tomes una decisión.

—¿Cómo? —Me sorprendió su pregunta y me detuve un momento—. ¿A qué te refieres?

—Me refiero a que todos estamos esperando a que te decidas a hacer algo con tu sueño.

—No sé qué decirte. —Me encogí de hombros—. Además, no soy la única que tiene ese sueño. A Tobías también le pasa, incluso ustedes han sentido algo.

—Sí, pero Tobías dice que él no va a servirnos de gran ayuda cuando... o sea, si decidimos hacer algo. No olvides que Tobías no puede meterse en el mar. En cuanto a los demás, no sé. Rachel y Marco comentaban el otro día que quizá se habían sugestionado por la descripción tan realista que hiciste.

—¿Tú que opinas, Jake?

—Cassie —contestó mi amigo. Dejó de trabajar y se pasó una mano por la frente—, si tú dices que es verdad, lo creo. Creo que tanto tú como Tobías tienen razón, pero Marco no está tan seguro. —Arqueó una ceja, como diciendo: "Ya lo conoces."

—Entonces —añadí sintiendo las náuseas que me provocaban los nervios—, se supone que la que tiene que tomar una decisión soy yo, ¿no? Con lo fácil que me resulta a mí tomar decisiones.

—Cassie, tú eres la que tiene esos sueños, la que sabe si son reales, y sólo tú puedes determinar si vale la pena que actuemos.

—No sé sin son reales —contesté. ¿Qué me estaba pidiendo? Siempre que habíamos entrado en acción contra los yeerks, habíamos salido con vida por los pelos. Dos días antes estuvieron a punto de matarme de un balazo.

—Cassie —repuso Jake cuando lo miré a los ojos—, sabes muy bien que todos confiamos en tu intuición. Tú eres la que mejor entiende a los animales y la que mejor se transforma. Sabes que todos los del grupo te respetan.

—¡No me digas! —exclamé con un gesto de incredulidad.

—Si tú consideras que debemos actuar, ya sabes que Rachel te apoyará sin condiciones, y yo también.

—¿Y Marco?

—Bueno, Marco pondrá obstáculos —contestó Jake con una sonrisa—, pero nos seguirá, aunque sea a varios metros de distancia.

Nos echamos a reír.

—No estoy segura, Jake. Es un sueño, una especie de visión. ¿Cómo voy saber si es real?

—No lo sé, Cassie —respondió, haciendo un gesto negativo con la cabeza—. Supongo que esta vez te la tienes que jugar.

—¿Por qué no tomas tú la decisión por mí? —le sugerí bromeando. Aunque lo cierto es que estaba asustada. Yo no soy como Rachel, a mí no me gusta el riesgo.

—Si eso es lo que quieres, lo haré —repuso mi amigo solemnemente.

—Y si sale mal, te tirarás de los pelos —repliqué yo—, y te sentirás culpable. —Le acaricié la mejilla—. Eres un encanto, pero tienes toda la razón. Esta vez me toca a mí.

Dejé escapar un suspiro y miré a mi alrededor. El granero olía bastante mal y a veces parecía un manicomio: pájaros bulliciosos, lobos que aullaban y caballos que no cesaban de relinchar, todos con necesidad de ser atendidos y, al mismo tiempo, recelosos de nosotros. Sin embargo, ése era el lugar donde yo me sentía realmente a gusto.

A través de la puerta abierta alcanzaba a ver los trigales y los prados que se perdían en la distancia. Se extendían hasta el bosque donde se recostaban a los árboles frondosos.

—A lo mejor es una locura —añadí—. El mar me da un poco de miedo. Conozco bien la tierra y lo que nace de ella. —Me reí—. En realidad siempre he sido una chica de campo. ¿Sabías que mi familia ha tenido esta granja desde el siglo pasado?

—¿Que si lo sabía? —Jake pestañeó—. Comí con tu familia el año pasado, el Día de Acción de Gracias, ¿recuerdas? Y tu abuela se encargó de contarme la historia con pelos y señales.

—Si pudiera, me remontaría hasta la época en que los dinosaurios eran los amos del mundo —agregué—. Típico de mi abuela. Siempre se emociona cuando habla de la familia.

—Bueno, tú decides, Cassie —dijo Jake. De repente se puso serio, incluso severo—. Será muy peligroso y dudo que podamos solucionar algo. El mar es inmenso, pero tú decides.

—De acuerdo —convine. Moví la cabeza despacio y un poco triste—. Creo que mis sueños son reales, y que hay un andalita en algún sitio que necesita ayuda, tal vez ha quedado atrapado.

—Muy bien —aceptó Jake—. Y ahora, ¿qué haremos para llegar hasta él?

—Convirtiéndonos en peces —sugerí. Arrugué el entrecejo haciendo un recuento de las posibilidades—. Tendríamos que elegir un pez rápido, que no resulte una presa fácil. Ya sabes, un tipo de pez que no vaya a ser engullido por algún atún hambriento o cualquier otra especie.

—Tiene que ser, además, un pez al que nosotros tengamos acceso —añadió Jake—, es decir, un pez que esté ya en Los Jardines.

—Allá tienen leones marinos y delfines. No querrás que nos convirtamos en algo así, ¿verdad?

—¿Por qué no?

—No... no lo sé. Es que..., por ejemplo, los delfines, son muy inteligentes, no sé, no me parece bien.

—Bueno, tú decides —dijo y apoyó la pala contra la pared—. Yo me voy ya, no puedo perder otro examen. Tengo que estudiar.

Se montó en la bici.

—Ya, ya, excusas. Tú lo que quieres es librarte de sacar el estiércol —bromeé.

—Cassie —replicó—, te juro que preferiría sacar estiércol contigo que hacer deberes sin ti.

Me imagino que se trataba de un cumplido.

Se fue dejándome mucho más inquieta que lo que estaba antes de que él apareciera.

CAPÍTULO 8

Al día siguiente después de clase los cuatro tomamos el autobús para ir a Los Jardines. Tobías iría volando. Nos dijo que llegaría el primero, aunque no sabía si podría acercarse mucho a nosotros.

Los Jardines es un gigantesco parque de atracciones donde además hay un zoológico. Bueno, ellos no lo llaman zoológico, sino Parque de Animales Salvajes. Ahí trabaja mi madre. Es la responsable del servicio médico; de hecho, es la directora de los veterinarios.

Yo tengo un pase especial, pero los otros tienen que pagar. Es un inconveniente porque Marco nunca lleva dinero. Desde que murió su madre, su padre no ha levantado cabeza. Sólo consigue trabajos temporales, así que tienen que apretarse el cinturón.

Supongo que el hecho de que el padre de Marco no haya superado la muerte de su mujer resulta de cierto modo romántico. Aunque, por otro lado, tendría que intentarlo, como me pasó a mí cuando empecé a ayudar a mi padre en la clínica.

A veces la muerte es inevitable y debes hacer un esfuerzo para sobreponerte.

Es difícil para Marco porque él se siente con la responsabilidad de cuidar de su padre, en lugar de ser al revés.

Observé a Marco desde mi asiento del autobús. Mi amigo estaba mirando por la ventana. Parecía muy callado.

—Marco —lo llamé.

—¿Qué?

—¿Te has cortado el pelo? Te queda fenomenal.

—¿De verdad? —Parecía sorprendido. Se pasó la mano por el pelo y sonrió.

Hice algunos ejercicios de matemáticas, (¡uf, qué asco!), en el autobús, y me puse el *walkman*.

Cuando por fin llegamos, resultó que había una oferta especial. Si comprabas dos entradas, la tercera sólo costaba un dólar. Por suerte, Marco tenía un dólar, así que pasamos sin hacer ningún escándalo.

Atravesamos el área de las atracciones y nos encaminamos a la sección de los animales salvajes.

—Antes eso era lo más fantástico del mundo para mí —declaró Jake melancólico señalando hacia una montaña rusa enorme—. Desde que me transformé en halcón, ya ha perdido todo el interés. En un cacharro de ésos vas como mucho a unos ciento treinta kilómetros por hora, mientras que un halcón puede alcanzar una velocidad de trescientos kilómetros por hora en el aire.

—Sí, la verdad es que esto de transformarse te hace ver todo distinto —corroboró Marco—. Recuerdo que antes quería convertirme en un tipo musculoso, pero después de saber lo que se siente cuando se es gorila, ¿para qué preocuparse de ir a un gimnasio y levantar pesas? Siempre puedo transformarme en gorila y partir en dos un camión si tengo ganas.

—Pues a mí me ha pasado lo contrario —explicó Rachel—. Convertirme en gato me ayudó a dedicarme todavía más a la gimnasia. Me explico: cuando era gato tenía un control absoluto sobre mi cuerpo y una agilidad increíbles. Desde entonces trato de no olvidar esa sensación. Por ejemplo, cuando estoy en la barra de equilibrios, procuro recordar la seguridad del gato.

—Y entonces te caes, como de costumbre —bromeé.

—Claro —replicó Rachel entre risas. Movió los dedos de su mano como si caminaran en el aire y...—. ¡Bum! ¡Al suelo! Eso sí, mientras caigo, estoy muy segura de mí misma.

Llegamos a la entrada del parque. Lo primero que se ve son los animales acuáticos. Está el edificio principal y a continuación varias piscinas al aire libre.

Nos encaminamos directamente a la piscina más grande. La gente contemplaba el espectáculo sentada en las gradas, que se extienden por tres lados de la piscina. En ese momento acababa de terminar uno de los espectáculos y cientos de personas estaban desalojando el lugar. La siguiente función empezaría unas horas más tarde.

—¡Justo a tiempo! —exclamó Jake—. Además, casi no hay nadie.

—Entre semana y por la tarde —observé—, nunca viene demasiada gente porque hay escuela.

Nos abrimos paso entre la gente que abandonaba el recinto hasta llegar a la piscina. Es enorme, como cuatro o cinco piscinas de las grandes. El agua es azul y transparente. Hay una plataforma casi a ras de agua donde los entrenadores se colocan para dar instrucciones a los delfines.

—¿En qué se diferencia una marsopa de un delfín? —preguntó Marco—. Los dos son peces, ¿no?

¡PLAF!

La tranquila superficie de la piscina se agitó de repente a unos metros de nosotros y el agua me salpicó.

—¡Ahhhh! —exclamamos todos a la vez.

El animal salió del agua como un torpedo gris y lustroso. Mediría unos tres metros de largo y pesaría unos doscientos kilos. El delfín saltó tres metros por encima de la superficie del agua, se quedó un momento inmóvil en el aire, nos lanzó una mirada escéptica, nos dedicó esa sonrisa perpetua de tipo listo que tienen los delfines y se sumergió de nuevo en la piscina con tal suavidad que apenas dejó rastro en la superficie del agua.

—Eso es un delfín —le indiqué a Marco.

—Muy bien, me gusta. Es genial —lo alabó Marco—. ¿Han visto lo que ha hecho?

Recordaba a uno de esos increíbles atletas que realizan cualquier ejercicio sin esfuerzo aparente, como Michael Jordan, por ejemplo. Sus movimientos siempre son precisos, perfectos, y aunque tú sabes que para llegar a conseguir eso han tenido que practicar años, siempre dan la sensación de estar pensando: "¡Bah! No es para tanto. Claro que puedo volar. ¿Qué creías?".

Así es un delfín en el agua. Cualquier movimiento parece fácil para él. Su cuerpo es perfecto y tiene un control absoluto.

El medio natural de los peces es el agua. Los tiburones, los atunes, las truchas, incluso las personas, nadan. Los delfines no se limitan a nadar, el agua les pertenece, es su juguete, y ellos son como niños que se columpian en un enorme trampolín para pasarlo bien.

Te diviertes sólo con mirarlos. Claro que a la vez te ves a ti mismo como un trasto viejo, débil, torpe, frágil y sin ninguna gracia. Los humanos quizá seamos las criaturas más inteligentes de la Tierra, pero comparados con otras especies somos una calamidad.

—Quiere que le dé más pescado.

Nos dimos la vuelta. Era una de las adiestradoras. Se llama Eileen.

—¡Hola, Eileen! —la saludé.

Le hizo un gesto al delfín, que acababa de ejecutar un salto mortal perfecto.

—*Joey* es el más travieso de todos. Siempre se las arregla para conseguir alguna ración de pescado extra.

—¡Es formidable! —exclamé.

—Sí, sí que lo es —corroboró Eileen orgullosa.

Le presenté a Jake, Marco y Rachel.

—Hemos encontrado información sobre delfines en Internet —mentí—, así que pensamos que sería una buena idea acercarse hasta aquí y verlos.

—Muy bien. Como ya saben, tenemos seis delfines: *Joey*, al que ya conocen, *Ross*, *Monica*, *Chandler*, *Phoebe* y *Rachel*. ¿Les gustaría darles de comer? Si les tiran un par de peces al agua, se acercarán.

—¿No les afectará su horario de comidas?

—¡Qué va! Lo único que deben vigilar es que *Joey* no se los coma todos. Es un caradura.

Eileen nos trajo un cubo muy grande lleno de peces y se marchó.

—¡Agh! ¡Qué asco! —protestó Marco.

—Ya cambiarás de idea cuando te transformes en uno de esos delfines —se burló Rachel.

—¿Se dan cuenta de que hace sólo unos días nosotros también éramos peces? —le replicó Marco tras lanzarle una mirada incrédula a Rachel—. Peces como éstos.

Tenía razón, pero yo no quería ni pensarlo. Siempre me han gustado mucho los animales, pero la cosa cambia cuando te conviertes en uno de ellos.

Agarré un pez de la cola y lo lancé al agua. Tal y como Eileen nos había indicado, los otros delfines se acercaron al instante.

—¡Caramba! Tenían hambre, ¿eh? —dijo Rachel.

Los delfines pusieron en marcha todo un espectáculo. Sabían muy bien cómo impresionar a los humanos.

—¡Me encanta verlos sonreír! —señaló Marco—. Es como si algo les hiciera gracia de verdad.

—Además, te buscan la mirada —observó Jake—. Te miran directamente a los ojos. La mayoría de los animales no te hacen caso, y si se dignan a mirarte es sólo para saber lo que eres. En cambio, los delfines te observan como si te conocieran de antes.

—¡Eh! ¡Hola! —saludó Jake asomándose por el borde de la piscina para tocar a uno de los animales—. ¿No nos hemos visto antes? Me llamo Jake.

El delfín asintió. Sus gritos agudos parecían responderle: "Sí".

—Vaya, esto sí que es raro —comentó Rachel—. Parecía entenderle.

—¿Y por qué no? —pregunté—. Los delfines son muy listos. No alcanzan nuestra capacidad, pero son una de las especies más inteligentes que existen.

—Será una nueva experiencia convertirse en un animal tan inteligente —comentó Rachel.

—Sí —asentí. De repente empezaron a asaltarme una serie de dudas. Notaba un peso en el estómago—. ¿En qué se diferencia lo que hacemos nosotros de lo que hacen los yeerks?

—Los yeerks dominan a los humanos —contestó Rachel sorprendida por mi comentario—. Ellos no se transforman, sino que ocupan el cuerpo humano. Nosotros no dominamos al animal auténtico. Sólo copiamos el patrón de su ADN para crear un animal nuevo, entonces...

—Entonces, dominamos al nuevo animal —la interrumpí.

—No es lo mismo —insistió Rachel, pero parecía un poco tensa.

—Tengo que reflexionar sobre este tema —añadí—. Me empieza a preocupar.

—Será mejor que pongamos manos a la obra —intervino Jake, acercándose a nosotras.

—Sí —asentí—, deberíamos hacerlo antes de que se nos acaben los pescados. —Me estiré y le di unas palmaditas en la cabeza al delfín que tenía más cerca. Su piel me recordaba a la goma, aunque no es nada viscosa. Tuve la sensación de estar tocando una pelota de goma mojada.

El animal me miraba sonriendo, mantenía la cabeza erguida fuera del agua, como si quisiera verme bien.

Olvidé todas mis dudas por un momento, cerré los ojos y me concentré en el delfín. El animal se tranquilizó y se relajó, como ocurre siempre durante el proceso de adquisición de su ADN.

—¿Me permites? —le pregunté en silencio. Por supuesto, no me respondió.

CAPÍTULO 9

Esa noche volví a oír en sueños la voz que pedía ayuda desde el fondo del mar. Pero esta vez sonaba muy tenue, como cuando a una radio se le están acabando las pilas. Ya no sabía si se trataba de un sueño corriente o del sueño provocado por un recuerdo que quizá no era real.

También soñé con el delfín del parque de animales salvajes, el que se llamaba *Monica* aunque, ¿cómo podían estar seguros de que ella no tuviera otro nombre? ¿Cuánto tiempo llevaba en aquella piscina? ¿Cuándo había sido la última vez que había nadado libre en mar abierto?

Al día siguiente era viernes. No había clase porque había reunión de profesores, así que teníamos un fin de semana de tres días por delante. Llamé a Jake por teléfono.

—¡Hola, Jake! ¿Sigue en pie lo de ir hoy a la playa?

Siempre que hablábamos por teléfono teníamos mucho cuidado con lo que decíamos. La línea podría estar intervenida. Además, Tom, el hermano de Jake, podría estar escuchando desde el otro aparato y enterarse de algo que no nos convenía que supiese.

—La verdad es que estaba pensando que la playa hoy estará abarrotada de gente —respondió Jake con toda naturalidad—. He hablado con Marco antes y propuso que fuéramos al río.

Era una buena idea. No podíamos llevar a cabo la metamorfosis con la playa repleta de gente.

—De acuerdo, estaré allí en un par de horas. Tengo que hacer antes algunas cosas.

Al final, llegué bastante tarde. Todos me estaban esperando.

Conocía el sitio porque había estado allí antes con mi padre. Es un parque cerca de un puente, un sitio ideal para pescar. Un poco más lejos, a menos de un kilómetro, el río desemboca en el mar. La orilla está bordeada de árboles y se pueden divisar algunas casas con embarcaderos privados. El punto de reunión que habíamos elegido no se veía desde el puente ni desde ninguna casa.

—¡Hola, Cassie! —me saludó Jake sonriente.

—¡Hola a todos! —contesté yo. Distinguí un ligero movimiento en una de las ramas de un árbol—. ¡Hola, Tobías! ¿Qué tal?

<Como siempre, ya sabes. Mi mundo se reduce a comer ratones.>

Me eché a reír. Me alegré de que Tobías hubiera aceptado sin traumas que, por lo menos durante un tiempo, sería un ratonero con cerebro humano.

<Yo me encargaré de calcular el tiempo. Estaré pendiente de que no sobrepasen el maldito límite de las dos horas —anunció Tobías—. Soy el único pájaro en el mundo que usa reloj.>

Observé a Tobías de cerca y vi que llevaba una especie de cronómetro digital atado a una de las patitas.

<Rachel me lo puso —explicó—. Estaré sobrevolando por encima del agua todo el tiempo, así que no hay nada que temer. No correré el riesgo de que algún aficionado a los pájaros me vea y se pregunte: "¿Desde cuándo los ratoneros de cola roja llevan cronómetro?".>

—Lo mejor será que escondamos la ropa y después nos metamos un poco en el agua para empezar la transformación —sugirió Jake.

—Muy bien —corroboró Rachel.

—¿Cassie? ¿Quieres empezar tú?

—Bueno —asentí. Por alguna razón, todos habían decidido que yo era la mejor a la hora de transformarnos. ¡Qué tontería! Todos lo hacíamos bien.

Cuando adoptas una forma por primera vez, siempre resulta un poco angustioso. Nunca sabes cuál será el resultado, ni tampoco el grado de resistencia que opondrá la mente y los instintos del animal.

Esa vez existía otro problema, al menos para mí. ¿Qué clase de mente sería aquélla? ¿Una mente en la que prevalecerían los instintos del animal o de la que brotarían pensamientos e ideas propias?

Me despojé de mi ropa y me quité los zapatos. Me quedé con el uniforme que utilizaba para las transformaciones: una malla y una camiseta muy ajustadas. Ése es el tipo de vestimenta más adecuado para realizar una metamorfosis, o sea, ropa muy ceñida. No puedes usar nada que te quede flojo, porque acabaría hecho jirones. En cuanto a los zapatos, no hay nada que hacer. Hemos probado de todo, pero no hemos encontrado nada que de buen resultado.

—¡Está fría! —informé al meterme en el agua. Notaba la corriente en los pies.

Avancé un poco más, hasta que el agua me llegara a la cintura. Entonces me concentré en el delfín que ya formaba parte de mí.

Lo primero que cambió fue mi piel. Pasó de color castaño a gris pálido. Al tacto era como de goma, fuerte pero elástica.

Muy bien. Quería conservar mis piernas el mayor tiempo posible. Prefería que cambiaran otras partes de mi cuerpo antes de sumergirme en el agua.

Oí ese extraño crujido que producen los huesos cuando se estiran o se contraen y, justo delante de mis ojos, literalmente hablando, mi cara comenzó a proyectarse hacia delante.

—¡Caramba! No estás muy atractiva que digamos —gruñó Marco desde la orilla—. No te queda nada bien, Cassie.

Transformarse no resulta, por lo general, muy estético. De hecho, si no supiéramos que es inofensivo, hasta daría miedo. He visto a Rachel convertirse en elefante y, si les digo la verdad, es una de las cosas más horripilantes, aterradoras y repugnantes que he visto en mi vida. No les quiero ni contar entonces lo que debe de ser ver a alguien transformarse en pez: un verdadero asco.

No tenía un espejo, aunque imaginaba que mi aspecto debía ser más o menos el de un monstruo. En el centro del rostro me había salido un pico enorme y alargado en forma de botella.

Mi piel parecía hecha de goma gris. Y cuando me toqué la espalda con mis manos, que comenzaban a arrugarse rápidamente, sentí la hoja triangular de una aleta dorsal que brotaba de mi columna.

Mis brazos desaparecieron. En su lugar, me crecieron dos aletas planas. Mi cuerpo alcanzó los tres metros aproximadamente y comenzó a balancearse sobre mis enclenques piernas humanas.

Había llegado el momento de facilitar el resto del proceso. Renuncié a mis piernas y al momento me precipité al agua.

Miré hacia abajo y pude verme la cola. La transformación se había completado. No había suficiente profundidad y permanecía casi flotando en la superficie. Agité la cola, me arrastré por el fondo arenoso y, finalmente, me sumergí en aguas más profundas.

Esperé a que el cerebro del delfín, dominado por el instinto animal, manifestara su inquietud, su hambre, sus necesidades básicas, tal y como había ocurrido anteriormente.

Sin embargo, nada de eso sucedió. No era como la ardilla, ni siquiera como el caballo.

Aquella mente no sentía miedo ni inquietud. Su mente era... sé que esto les puede parecer un poco raro, pero era como la de un niño.

Traté de atender a lo que me decía, de cum-

63

plir con sus necesidades y deseos. Estaba preparada para recibir la súbita embestida de sus exigencias, primitivas y directas. ¡Escapa! ¡Lucha! ¡Come!

Pero no fue así. Tenía hambre, sí, pero no se trataba de una necesidad imperiosa y obsesiva como la que dijo haber sentido Jake cuando se convirtió en lagarto o Rachel en musaraña.

No sentía miedo.

Por suerte, descubrí que tampoco era una mente consciente y pensante como la nuestra. Respiré aliviada. Únicamente, y por raro que parezca, me entraron unas ganas terribles de jugar, como un niño pequeño. Mi mayor deseo era perseguir a los peces, atraparlos y zampármelos, pero aquello no era más que un juego para mí. Sentía un impulso incontenible de echarme a nadar a toda velocidad por la superficie del mar.

<¿Cassie? —oí la voz de Tobías en mi cabeza—. ¿Estás bien?>

"¿Que si estoy bien?", pensé para mí.

<Sí, Tobías. Estoy muy... muy contenta. Tengo ganas..., no sé. ¿No quieres jugar conmigo?>

<¿Que vaya a jugar contigo? Mmmmm, no creo que sea una buena idea, Cassie. A los ratoneros no les gusta mucho el agua.>

<¡Eh, ustedes! —los llamé—. ¡Vengan! ¡Vamos al mar! ¡Quiero jugar!>

CAPÍTULO 10

<¡Vamos, chicos! ¡Síganme!>

No me gustaba el río. Quería llegar cuanto antes al mar. Por la fuerza con la que me empujaba la corriente no podía hallarse muy lejos. Algo en mi interior, y todavía desconocido para mí, me decía que estaba en lo cierto.

¡El mar! Lo necesitaba. Ése era mi sitio, el lugar al que pertenecía.

Los cuatro delfines nadábamos en grupo, y Tobías nos acompañaba volando sobre nuestras cabezas.

Nos dejamos llevar por la corriente y enseguida noté el agua salada en la boca y en la piel.

Era como entrar en una enorme tienda de juguetes y disponer además de todo el tiempo del mundo para disfrutar de ellos.

Mis amigos nadaban a mi lado. En el agua no eran más que unas pálidas sombras veloces, pero al saltar en el aire, se transformaban en torpedos de un gris reluciente.

Yo vivía en dos mundos, en el mar y en el aire. Disfrutaba de las aguas verdosas del océano y de los cielos azulados y blancos. Me sumergía en el agua y volvía a salir de golpe. Una y otra vez. Me encantaba romper la barrera luminosa que separa mar y aire.

Jake me pasó a toda velocidad y brincó en el aire. Oí el golpe de su panza al chocar contra el agua. ¡Quería jugar! Me sumergí. Abajo, el suelo arenoso del fondo se perdía en unas profundidades cuya extensión me sería imposible explorar. Cuando ya había bajado lo suficiente, batí la cola, doblé las aletas y me dirigí de nuevo hacia la superficie. Al mirar hacia arriba, vi el trémulo techo de plata que separa ambos mundos.

¡Más rápido! ¡Más rápido! Parecía un misil. <¡Yuuuhuuu!>

La superficie del mar tembló cuando me elevé de un salto hacia el cielo. Agradecí el abrazo de la cálida brisa tras el agua fría. Me quedé suspendida en el aire durante unos segundos, como flotando por encima del agua. La barrera quedaba debajo de mí. Apunté mi nariz hacia el agua y me dejé caer.

<¡Ahhhh!>

El agua me envolvió para darme la bienvenida.

<¡Qué maravilla!>, exclamó Marco sin poder contener la risa.

<¡Esto es vida!>, repliqué.

<¡Desde luego que sí!>, añadió Rachel.

<¡Vamos a hacerlo a la vez!>, propuso Jake.

Nos sumergimos. Allá abajo se veía el fondo, una superficie de arena rizada por efecto de las olas y salpicada de rocas y algas.

Cuando estábamos a punto de tocar fondo, cambiábamos de dirección, tan a ras del suelo que levantábamos arena. Luego, con la vista clavada en la frontera de plata, nos lanzábamos hacia arriba, compitiendo entre nosotros, en un estado de éxtasis provocado por la euforia de nuestra propia energía. Surcábamos el aire como un equipo de acróbatas bien entrenado, uno junto al otro, llenando nuestros pulmones de aire cálido.

La vida era pura diversión, sólo un juego. Sentía deseos de bailar, de danzar en el mar.

Todo me estaba permitido. Mi cuerpo obedecía mis deseos sin resistencia: correr, girar como un trompo, darme la vuelta, bucear, rozar la superficie, saltar en el aire.

No sólo estaba en el mar; me había convertido en mar.

<¿Piensan seguir jugando todo el día? —Era Tobías—. ¿Se dan cuenta de que han desperdiciado cuarenta y cinco minutos?>

<¿Minutos? —me reí—. ¿A quién le importa el tiempo?>

<Miren, chicos, están muy equivocados si creen que la mente del delfín no les ha afectado; sí lo ha hecho. Tienen que reaccionar. ¿O es que han olvidado el motivo por el que están aquí?>

<¿Motivo? ¿Qué es eso?>

<Han venido a buscar..., bueno... algo —insistió Tobías—, una cosa un poco extraña. Una nave andalita o algo por el estilo.>

Tenía razón. Tenía toda la razón. ¿Sería divertido? ¿Qué clase de juego sería ése?

<¡Busquemos la nave! —propuso Rachel—. ¡A ver quién la encuentra primero! Seguro que les gano.>

<Eso es lo que tú te crees —replicó Jake—. ¡La voy a encontrar yo!>

<¿Dónde puede estar? ¡Vamos a investigar!>, añadió Marco.

<¡Por favor! —exclamó Tobías—. Parecen chiquillos de cinco años.>

<¡Eh, chicos! —intervine, lo estaba pasando demasiado bien para preocuparme por los comentarios de Tobías.

<¡A ver si hacen esto! —Intenté concentrarme pero, de repente, en algún lugar de mi cerebro percibí una serie de vibraciones fuertes y constantes—. ¿Qué está pasando?>

Sorprendentemente, empecé a escuchar algo procedente de esas vibraciones. ¡Qué extraño! En realidad no oía sonido alguno, más bien parecía como si las vibraciones que yo emitía hubiesen chocado contra algo en algún lugar lejano, en aguas profundas, y volvieran después a mí en forma de eco.

Aquel eco contenía una información que me intranquilizó.

<Chicos —previne—: no sé qué pensarán, pero presiento que algo se acerca, algo que... No sé, pero no me gusta nada.>

Al instante, mis amigos empezaron a emitir su característico sonido agudo que viene a ser una especie de radar acuático que utilizan los delfines. Técnicamente se conoce con el nombre de ecolocación.

<Sí —informó Marco—, ya lo veo. Bueno, no es que lo vea... ustedes ya me entienden.>

Pedí ayuda a mis instintos animales que permanecían escondidos en algún lugar, en el fondo de mi mente de delfín, bajo estratos de inteligencia.

De pronto, lo entendí.

<¡Ya lo sé! —exclamé como si hubiera ga-

nado un premio en un concurso—. ¡Es un tiburón!>

Dejamos de jugar. Mis amigos recibían la misma información. La ecolocación indicaba que había un gran tiburón por los alrededores. Y si algo tienen claro los delfines es que no les gustan los tiburones.

CAPÍTULO 11

<Oigan, no quiero ser un aguafiestas —insistió Tobías—, pero no han venido aquí para combatir tiburones.>

<Tiene razón —reconocí—. Los delfines no atacan a los tiburones, a no ser que éstos ataquen primero.>

<¡Un momento! —interrumpió Rachel—. Me llegan más ecos. Hay más de un tiburón y también hay otro pez enorme.>

<Es verdad —corroboré tras comprobarlo con mi sistema de radar—. Percibo varios tiburones y uno de los grandes.>

<¿A qué te refieres?>, preguntó Tobías.

<Quiero decir que también hay una ballena. —Me sentía confundida. Las palabras "uno de

los grandes" habían surgido tal cual en mi mente—. Eso es, una ballena. Y los tiburones la están atacando.>

<¿Están atacando a uno de los grandes? —preguntó Marco. Parecía muy afectado. Sin saber muy bien por qué a todos nos había afectado más de lo normal.>

<Ustedes hagan lo que quieran —indicó Rachel—, pero yo voy a ver qué pasa.>

<¡Para variar!>, comentó Tobías dándose por vencido.

Los cuatro nos lanzamos, más velozmente que nunca, en busca de aquella ballena en peligro.

<Los estoy viendo —anunció Tobías desde el cielo—, sigan derecho. Son cuatro, o tal vez cinco tiburones y una ballena... ¡caramba! ¡Es tremenda!>

Íbamos a todo gas cuando dimos con el primer tiburón. Era más grande que yo, mediría casi cuatro metros y tenía unas rayas verticales no muy marcadas en la piel. Era un tiburón tigre.

El animal estaba tan concentrado en la caza que no notó mi presencia. Cuando lo hizo, ya era demasiado tarde. Reuní toda la fuerza y velocidad que era capaz de alcanzar y le asesté un buen golpe en las branquias.

Fue como golpear una pared de ladrillos. Mi pico era fuerte, pero el tiburón parecía estar hecho de acero. Retrocedí, un poco atontada y, mientras trataba de recuperarme, vi que de las branquias le brotaba un hilillo de sangre.

Me coloqué detrás de él y fue entonces cuando distinguí la enorme masa de la ballena. Era un rorcual de unos quince metros de longitud. Las palas de su cola, plagadas de percebes, medían más que yo.

La pobre ballena hacía esfuerzos por salir a la superficie para respirar, pero los tiburones le estaban rasgando la boca, donde su carne era más tierna y frágil.

Yo estaba furiosa. De pronto, de las lóbregas aguas profundas emergieron Jake y Rachel a toda velocidad, directos contra los tiburones. Rachel dio en el blanco, pero el tiburón de Jake giró justo a tiempo. Sólo consiguió hacerle unos rasguños y, antes de que se diera cuenta, el tiburón se había situado detrás de él.

<¡Jake! ¡Lo tienes detrás!>

<¡Ya lo tengo!>

<¡Cuidado, Marco! ¡A tu izquierda!>

Eran tan rápidos y ágiles como nosotros. Pero gozaban de una ventaja aterradora: no conocen el miedo.

<¡Lo tengo encima! ¡Lo tengo encima!>

<¡Aaaaaayyyyyy!>

<¡Marco!>

<¡No veo nada! ¿Dónde está?>

<¡Cassie! ¡Debajo de ti! ¡Cuidado!>

El juego había terminado. Me había embarcado en una lucha desigual sin tener en cuenta las consecuencias, dispuesta a todo por ayudar a la ballena, y había terminado convirtiéndose en una guerra. Los tiburones son máquinas de matar, protegidos por una armadura de aletas afiladas como cuchillas y enormes mandíbulas plagadas de filas interminables de dientes aserrados.

El agua era un remolino de tiburones y delfines que se retorcían y se embestían sin compasión. Nos habíamos enzarzado en una batalla mortal.

De repente, se me ocurrió que podríamos perder, y eso significaría la muerte.

Mi muerte.

El agua se había oscurecido por la sangre derramada del tiburón al que yo había herido.

De pronto, dos de los tiburones se dieron la vuelta y se marcharon. Al principio, no entendía nada. Pero finalmente comprendí que perseguían al tiburón herido. Iban tras el rastro de su sangre.

Cuando estaba a punto de perderlos de vista, lo atacaron. Embistieron al animal herido con una furia salvaje e incontrolada.

El último tiburón abandonó la lucha y los siguió. Como se había visto privado de su festín de ballena, se conformaría con su hermano de sangre.

<¿Están todos bien?>, preguntó Jake.

<Yo tengo algunos cortes pero estoy bien>, contesté.

<Y yo>, dijo Rachel. Su voz sonaba cansada. Supongo que la mía también. Lo estaba. Me sentía exhausta y sin fuerzas. La pelea habría durado unos dos minutos, pero me habían parecido eternos.

<¿Marco?>

<Creo..., creo que estoy herido>, informó.

Lo localicé a unos metros de distancia. Apenas se movía. Se dejaba arrastrar por la corriente. Nos acercamos a él y lo rodeamos.

Entonces descubrí la herida. Si hubiera podido gritar, lo habría hecho. Jamás olvidaré aquella imagen: la cola se mantenía sujeta al cuerpo por unos finos hilos de carne. Estaba hecha jirones. Había quedado totalmente inutilizada.

Nos hallábamos a muchos kilómetros mar adentro. Era imposible que Marco llegara a la orilla.

CAPÍTULO 12

<¡Se morirá si no hacemos algo pronto!>, exclamó Rachel horrorizada.

<¿Cassie? —preguntó Jake—, ¿qué hacemos?>

<No... no lo sé.>

<Cassie, tú eres la única que entiende algo de animales>, observó Jake impaciente.

No podía reaccionar. Estaba bloqueada. Me sentía responsable por lo que había pasado. Yo había tomado la decisión de seguir adelante. Era culpa mía.

<¡Aaayyyy! —se quejó Marco—. ¡Esto va en serio! ¡Ayyy!>

<¿Qué pasa ahí abajo? —intervino Tobías—. ¿Han herido a Marco?>

<Pues sí>, respondió Jake secamente.

<¡Dios mío! No quiero morirme siendo un pez —se lamentó Marco—. No quiero morirme aquí. Mi madre murió ahogada y a mí me va a pasar lo mismo. Mi padre...>

<¡Ya lo tengo! —grité—. Transfórmate. Tienes que convertirte en humano.>

<Pero si se transforma, se ahogará>, protestó Rachel.

<No. Para cambiar de forma, utilizamos el ADN ¿no?, el tejido básico del animal. Si Marco se transforma, no creo que se le reproduzca la herida porque ésta no puede afectar su ADN humano. Luego, en cuanto pueda, se convierte de nuevo en delfín. El cuerpo de delfín está herido, pero el ADN del animal no. Por lo tanto, su nuevo cuerpo de delfín estaría sano y completamente entero.>

<¿Y si te equivocas?>, preguntó Rachel sin rodeos.

<No nos queda otro remedio —replicó Jake—. Marco, tienes que volver a tu estado natural. Tranquilo que nosotros te sujetamos para que no te ahogues.>

<Jake..., ya sabes que no sé nadar.>

<Lo sé, Marco. No te preocupes. Estás en buenas manos.>

<Está bien, está bien. Por lo menos moriré con mi propio cuerpo. ¡Ayyy! Quizá no duela tanto. Quizá...>

La corriente lo arrastraba.

<¡Está perdiendo sangre! —señalé—. ¿Y si se desmaya? Marco, ahora, ¡transfórmate!>

Lo rodeamos. Tobías sobrevolaba por encima de nosotros y el enorme rorcual descansaba a pocos metros de distancia.

Entonces, Marco empezó a cambiar. Le surgieron brazos de las aletas. El rostro retrocedió hasta que el gesto sonriente del delfín desapareció en los labios de Marco. La piel se tornó de color rosado y apareció la ropa. La cola herida y temblorosa se dividió por la mitad y de ella brotaron las piernas y los dedos de los pies. Todo estaba en su sitio.

<¡Lo ha conseguido!>

—Sí, lo he conseguido y ahora me ahogo.

<Espera —le dije yo y me coloqué a su lado—. ¡Agárrate!>

Me rodeó con los brazos. Yo intentaba mantenerlo a flote. Entonces, noté algo raro, como si la superficie del agua se estuviera elevando. ¡Un momento! Era el rorcual. Nos había seguido y ahora estaba ascendiendo a la superficie muy lentamente.

<¡Cuidado! ¡La ballena!>, avisó Rachel.

Lo más increíble de aquel día alucinante estaba aún por suceder.

Mi mente, humana o delfín, se abrió como una flor al sol y una voz tenue pero a la vez pode-

rosa la inundó. No eran palabras, sino un sentimiento de gratitud que se coló por todos los rin-
cones de mi mente.

La ballena me estaba enviando un mensaje
de agradecimiento. Le habíamos salvado la vida
y a cambio ella salvaría la vida de nuestro amigo.

<Apártense —ordené a Rachel y a Jake—. No
pasa nada.>

<Sí —añadió Rachel anonadada—, yo tam-
bién lo oigo o, mejor dicho, lo siento.>

La ballena se elevó por debajo de Marco. El
pobre se atragantaba continuamente por la cantidad de agua que estaba tragando. El lomo am-
plio y fuerte lo levantó. Cuando alcancé a ver de
nuevo a Marco, comprobé que estaba un poco
nervioso, sentado en lo que podría ser una pequeña isla seca, a salvo de las terribles olas.

Tobías se posó sobre el lomo del animal, al
lado de Marco.

La ballena me llamó.

<Escucha, pequeña>, me dijo con una voz
callada que parecía llenar todo el universo.

Escuché aquella voz sin palabras que sonaba
en mi cabeza y para la que no existía el tiempo.

Tobías nos informó después que el mensaje
sólo había durado diez minutos. Durante ese
rato, tuve la sensación de que el mundo desapa-
recía. La ballena me reveló tan sólo una ínfima
parte de sus pensamientos.

Había vivido ochenta migraciones, compartidas con muchas compañeras, y muchas de ellas habían muerto. Sus hijos surcaban ahora los mares de todo el mundo.

Había sobrevivido a muchas batallas y viajado al Polo Sur y al Polo Norte. Le habían hablado de los días en que el hombre cazaba a los de su especie desde unos barcos que despedían humo.

Recordaba los cantos de padres que ya habían desaparecido, como algún día otros recordarían los suyos.

Sin embargo, a pesar de todo lo que había vivido y presenciado, jamás había visto ni oído hablar de que uno de los pequeños se transformara en humano.

Comprendí que se refería a Marco. ¿Uno de los pequeños? ¿Es así como las ballenas llaman a los delfines?

<No somos auténticos "pequeños".>

<Lo sé. Son otra especie nueva en el mar, hay más.>

No entendía muy bien qué era lo que me quería decir. Emitía borbotones de sentimientos expresados en una poesía de sensaciones, sin palabras. Una parte me llegaba en forma de canto y la otra a través de vibraciones, como cuando utilizaba el radar.

<¿Qué otras especies son nuevas en el mar?>

Me transmitió una especie de imagen, un recuerdo. En ella aparecía una vasta pradera cubierta de hierba, con unos pocos árboles y un riachuelo. Todo ello sumergido bajo el agua. Distinguí a un animal que atravesaba la pradera, un ser en parte ciervo, en parte escorpión y en parte humano.

<¿Dónde está?>, le pregunté en un lenguaje de chillidos, vibraciones y sensaciones transmitidos de mente a mente.

Y me reveló el lugar exacto.

De pronto me desperté, o, por lo menos, me sentía como si me acabara de despertar. La mente de la ballena se había desligado de la mía. Había regresado de un largo sueño.

<¿Te encuentras bien? —preguntó Jake—. Empezábamos a preocuparnos, aunque teníamos la impresión de que la ballena no quería que nos interpusiéramos.>

<Estoy bien —contesté—. Estoy más que bien.>

<Marco está listo para transformarse de nuevo>, informó Jake.

<¡Muy bien!>, contesté todavía perdida en imágenes procedentes de una mente eterna, extraña, universal.

<Chicos: les quedan veinticinco minutos —avisó Tobías—. Recuerden que tienen que volver a la orilla y están bastante lejos.>

Oí que Marco decía algo, pero como hablaba de la manera normal resultaba difícil comprender sus palabras, sobre todo porque yo tenía las orejas debajo del agua. Asomé la cabeza a la superficie y vi que reanudaba la metamorfosis.

Cuando estaba en mitad del proceso se deslizó del lomo de la ballena y se sumergió en el agua. Ya tenía aletas y pico. Se le formó la cola, intacta y perfecta. ¡Ni rastro de la herida!

Nos dirigimos hacia la orilla, cansados pero vivos.

Me sentía rara al abandonar a la ballena. Cuando ya nos habíamos alejado más de un kilómetro de ella, oí su canto. Era una melodía lenta, triste, hechizante.

<¿Por qué no habrá cantado más cuando estábamos junto a ella?>, se preguntaba Jake.

Sonreí en mi interior y, como todavía era un delfín, también externamente.

<No nos canta a los pequeños —expliqué yo—. Le canta a las madres.>

<¿Qué?>, inquirió Marco.

<Su canción va dirigida a una compañera.>

<¡Ajá! Así que va en son de conquista, ¿eh? Me pregunto si nuestra buena amiga está consciente de que me ha salvado la vida.>

<Marco, nuestra amiga sabe muchas más cosas de las que tú y yo podríamos llegar a imaginar jamás.>

CAPÍTULO 13

Al día siguiente fui a casa de Marco. Vive con su padre en un complejo de apartamentos con jardín. Su piso es de los más antiguos y queda en un extremo del enorme barrio donde también viven Jake y Rachel. Sólo he estado un par de veces en su casa. Creo que a Marco le da vergüenza que vayamos porque no tiene mucho dinero.

Antes vivía en una casa, al final de la calle de Jake, pero al morir su madre, su padre tuvo que abandonar su trabajo por el estado mental en que quedó después de la muerte de su esposa.

Llamé a la puerta. Oí la voz de Marco.

—Papá, llaman a la puerta. Ponte la bata.

Pasaron unos minutos y entonces la puerta se abrió.

—Cassie, ¿qué haces aquí?

—Quería hablar contigo.

—¿Conmigo? ¿De qué?

—De lo de ayer —contesté.

—Verás —titubeó—, quiero pasar el día con mi padre. Estamos pensando que... quizá... bueno, ya sabes, en hacer algo.

—Me parece estupendo —añadí yo. Por encima del hombro de mi amigo, distinguí a su padre, sentado en un sillón y con la bata puesta. Miraba la televisión sin pestañear. Supongo que es normal que un padre vea la televisión un sábado por la mañana. Sin embargo, daba la impresión de que el padre de Marco se pasaba horas enteras ahí sentado sin quitar los ojos del aparato.

—Escucha, Marco, sólo estaré un minuto. ¿Puedo pasar?

—No, no —contestó rápidamente. Salió fuera. Un poco más abajo había una piscina. No tenía agua y las hojas cubrían el fondo. Estaba cerrada al público.

—Marco, quería hablar contigo de lo que ocurrió ayer.

—¿Qué quieres decir?

—Podrías haber muerto y hubiera sido culpa

mía. Fue idea mía. Jake me preguntó si debíamos hacerlo y yo respondí que sí.

—¿Eso es todo? —Puso los ojos en blanco—. Mira, tú no tienes la culpa. El problema es todo ese asunto de los animorphs. Ha sido una locura desde el principio. Creo que no se dan cuenta del peligro que corremos. No sirve de nada lo que digas porque siempre es igual.

—Te equivocas —repliqué, encogiéndome de hombros—. Esta vez es diferente. Hasta ahora siempre era otro quien tomaba la decisión.

—O sea, que no te gusta tener responsabilidades, ¿verdad?

—No quiero que maten a mis amigos. —Por un momento me estremecí. ¿Tendría razón Marco? ¿Me daba miedo asumir responsabilidades?

—Por si te sirve de algo, tus amigos tampoco quieren morir —se burló Marco—. Yo, personalmente, estoy en contra de que me maten. —Se puso serio e incluso triste. —Aunque a veces ocurre lo peor. Así son las cosas.

—Todos los días veo muertes. Me refiero a los animales —comenté. Me apoyé en la barandilla, con la vista fija en la piscina sombría—. Hay ocasiones en que no puedes hacer nada para salvarlos y tienes incluso que sacrificarlos para que no sigan sufriendo. Es mi padre quien toma las decisiones, no yo. Él es el veterinario. Yo sólo soy su ayudante.

—Bueno, mírame, estoy aquí, vivo —dijo dándose unos suaves golpes en el pecho—. ¡Deja de preocuparte! Nadie me obligó a ir, lo hice voluntariamente.

—¿Tuviste miedo?

Guardó silencio durante un rato. Se acercó y se apoyó en la barandilla, a mi lado.

—Siempre tengo miedo —contestó por fin—. Tengo miedo de luchar contra los yeerks y también de lo que pasaría si no lo hiciera. Cuando miro a Tobías, se me ponen los pelos de punta. ¿Y si algún día no puedo volver a mi estado natural y me quedo convertido en un animal para siempre? Pero al que más miedo le tengo... es a él.

No hacía falta preguntarle a quién se refería. Hablaba de Visser Tres.

—Aquel día, en el solar en obras, cuando mató a..., cuando asesinó al andalita —prosiguió Marco—. Recuerdo esa imagen todos los días. Y también el estanque de los yeerks —añadió haciendo un gesto negativo con la cabeza—. Ésa es otra de las cosas que me gustaría olvidar.

—Sí —corroboré—, hemos pasado mucho miedo.

—¿Y me preguntas si tuve miedo ayer? Pues

claro que sí. Y como si no tuviéramos ya bastante con luchar contra los hork-bajir, los taxxonitas y Visser Tres, encima tenemos que enfrentarnos a los tiburones. ¿Tiburones? —Soltó una carcajada y me contagió la risa.

Nos estuvimos riendo como locos durante unos minutos. Ya saben, esa risa histérica que te entra después de haber pasado por una situación tensa. Era una risa de alivio, una risa para celebrar que todavía estábamos vivos.

—¡Ah!, por cierto, pensaba esperar y contarles a todos a la vez —observó Marco—. Me temo que vamos a tener dificultades.

—¿Por qué?

—Venía en el periódico esta mañana. Son dos noticias, una trata de un tipo que va a investigar sobre el tesoro de un barco perdido cerca de aquí. La otra dice que un importante biólogo marino va a bucear en los alrededores con su barco.

—Muy bien, ¿y?

—¿No te parece raro? De repente, nuestra costa le interesa a mucha gente. ¿Buscadores de tesoros y exploraciones submarinas? ¿Todo a la vez?

—¿Controladores?

—Creo que sí —asintió—. Me jugaría la cabeza a que es una operación encubierta para justificar la presencia de dos barcos con un montón de buceadores cerca de la playa. Me temo que son ellos y que andan buscando lo mismo que nosotros.

Por un momento sentí que me abandonaban las fuerzas. Me vino a la cabeza la imagen que la ballena me había transmitido. Oí aquel grito de socorro cada vez más débil en mis sueños.

—Yo... yo no puedo exigirles que volvamos allí otra vez —susurré—. Quizá no tengamos tanta suerte esta vez.

—Cassie, ya sabes lo que pienso de todo esto —añadió Marco. Parecía un poco incómodo—. Creo que lo primero somos nosotros y nuestras familias. —Dirigió la vista a la puerta de su piso—. Claro que, después de todo lo que hizo el andalita por nosotros, supongo que no me sentiría muy bien si no intentara al menos salvar a quien sea que esté allá abajo.

—No sé quién está allá abajo —me lamenté—, ni siquiera sé si es real.

—Pero crees que es un andalita, ¿verdad?

—Sí, Marco, pero no estoy segura. Si alguien resultara herido..., si alguien muriera... sólo porque yo he tenido unos sueños... No, no puedo tomar una decisión así.

—Ya, ¿y qué preferirías? ¿No hacer nada? Eso también es una decisión.

—Marco —me tuve que reír—, ¿sabes? Para ser alguien que se pasa el día gastando bromas y metiéndose con el personal, tengo que reconocer que eres muy listo.

—Ya lo sé, pero no se lo digas a nadie. Tengo que conservar mi imagen.

Era hora de irme.

—¿Sabes lo que me resulta más extraño de lo que pasó ayer? —añadió Marco.

—¿El qué?

—Los tiburones. Son auténticos asesinos. Lo que quiero decir es que tenemos miedo a los hork-bajir, los taxxonitas y Visser Tres y no nos acordamos de que aquí mismo, en el viejo planeta Tierra, hay criaturas tan fuertes y peligrosas como ellos. Sería gracioso que, en lugar de un extraterrestre, acabáramos devorados por alguna criatura terrestre.

A mí no me parecía gracioso en absoluto.

—Está bien —rectificó al ver mi rostro desencajado—, retiro lo de gracioso.

CAPÍTULO 14

—De acuerdo —dijo Jake—. Esto es lo que sabemos o, por lo menos, lo que creemos saber.

Estábamos reunidos de nuevo en casa de Rachel. Hacía unas horas que había ido a visitar a Marco. Tobías se había posado en el pretil de la ventana. Si permanecía demasiado tiempo en una habitación, se sentía incómodo. Prefería salir al viento y al aire libre.

—Vamos a ver. Primero, pensamos que hay un superviviente andalita, o quizá más de uno, atrapado en el fondo del mar.

—Por suerte, los andalitas son capaces de aguantar la respiración durante mucho tiempo —bromeó Marco.

—Segundo, Cassie está segura de poder encontrar al andalita gracias a la información que le transmitió la ballena.

Contuvimos la risa durante unos segundos y cuando ya no podíamos más, estallamos en carcajadas al mismo tiempo.

—Que le transmitió una ballena —repitió Marco desternillándose de risa.

<Llevamos una vida un poco rara, ¿no? ¿o sólo me parece a mí?>, preguntó Tobías.

—¿Rara? —repitió Marco—. El pájaro parlante quiere saber si es normal que una ballena, a la que unos delfines, o sea, nosotros, acaban de salvar de ser devorada por unos tiburones, nos informe del paradero de un extraterrestre.

—Pues, no se vayan todavía —señaló Jake sonriendo—, aún hay más. Cassie y yo hemos estado examinando algunos mapas y al parecer el lugar que buscamos está bastante lejos, demasiado para poder llegar hasta allí nadando en menos de dos horas.

—Empieza el espectáculo, ¿no? —observó Marco.

—A Rachel se le ha ocurrido una idea —comentó Jake mirándola.

—Nos subimos a un barco —explicó Rachel poniéndose de pie. Había permanecido tumbada en la cama—. Primero nos transformamos en gaviotas por ejemplo.

—Odio los planes que comienzan: "Primero nos transformamos..."—se quejó Marco.

—Nos transformamos en gaviotas —continué con el plan que habíamos trazado—. Luego vamos volando hasta el canal de navegación de los buques mercantes y, entonces, elegimos un petrolero o un barco de mercancías que vaya en la dirección adecuada. Nos convertimos de nuevo en humanos, descansamos y dejamos que el barco nos acerque al lugar. Cuando lleguemos, saltamos por la borda, nos transformamos en delfines y seguimos el viaje.

—Visto así, parece cosa de niños —se burló Marco—. ¿Por qué no vamos a ver a Chapman y le decimos que llame a Visser para que nos liquide? Es mucho más sencillo y el resultado será exactamente el mismo.

—Es peligroso y arriesgado —continuó Jake después de soltar un suspiro—. Y las cosas podrían complicarse bastante. Además, como ha dicho Marco, tenemos razones suficientes para pensar que habrá controladores en la zona buscando lo mismo que nosotros.

—Vaya, esto se va animando —añadió Marco.

—Tendremos que hacer una votación —propuso Jake.

—Yo voto a favor —declaró Marco de inmediato.

Medio segundo después Rachel pronunció su acostumbrado voto a favor.

Todos nos quedamos con la boca abierta ante la reacción de Marco.

—Por una vez le quería ganar a Rachel —explicó Marco.

—¿Tobías? —consultó Jake.

<No creo que deba participar en la votación. Ya saben que no puedo permanecer mucho tiempo volando sin posarme en tierra. Lo siento.>

—Tú has soñado lo mismo que Cassie —señaló Jake—. ¿Crees que debemos hacer esto? ¿Sí o no?

<Sí —contestó Tobías con la vista clavada en mí—, los dos hemos tenido el mismo sueño. Estoy seguro de que es real.>

—De acuerdo, entonces seguiremos adelante —resolvió tajante Jake—. Mañana. No podemos retrasarlo más. Cuanto más esperemos, más oportunidad tendrán los yeerks de conseguirlo antes que nosotros.

Nos fuimos a casa. Marco tomó la dirección acostumbrada hacia su barrio. Tobías voló a algún lugar desconocido. Jake me acompañó durante un rato, aunque me costaba seguirle el paso.

—Creo que Tobías se siente un poco marginado —le comenté—. Deberías hablar con él un día de éstos y recordarle las veces que nos ha ayudado.

—Tienes razón —confirmó Jake.

Caminamos en silencio. Es una de las cosas buenas que hay entre nosotros. Podemos estar juntos y permanecer callados sin que eso nos importe.

—Es muy peligroso, ¿verdad? —le pregunté.

Asintió.

De pronto, me detuve. No sé por qué, pero sentía la necesidad de decirle algo. Le tomé la mano y la coloqué entre las mías.

—Jake —dije.

—¿Sí?

Lo tenía en la punta de la lengua, pero me daba vergüenza decirlo.

—Mira, no dejes que nadie te haga daño, ¿prometido?

—¿A mí? —me contestó con aquella sonrisa suya—. Soy indestructible.

Lo dijo tan convencido que casi le creí. Cuando nos separamos y él se dirigió a su casa y yo a la mía, alcé la vista al cielo.

En el resplandor del atardecer distinguí el destello de unas plumas rojizas en la cola de un pájaro. Era Tobías, nuestro buen amigo Tobías, que había quedado atrapado, quizá para siempre, en un cuerpo extraño.

Ninguno de nosotros era indestructible.

CAPÍTULO 15

<¡Allí! ¡Un trozo de sándwich! ¡Es de salami!>

<¡Eh! ¿Eso de allí es un caramelo?>

<¡Pizza! ¡Pizza! ¡Un trozo de pizza, de las crujientes!>

Por suerte, si algo abunda en la Clínica de Rehabilitación de la Fauna Salvaje, también conocida como mi granero, son las gaviotas. Adquirimos, pues, su ADN, y los cuatro nos convertimos en pájaros, mientras Tobías nos observaba desde las vigas del techo.

Yo ya había sido pájaro antes. Para ser exacta, una rapaz, un águila pescadora. Pero las gaviotas son diferentes en algunas cosas. Por ejemplo, a veces se alimentan de basura, no son aves de ra-

95

piña. Así que, en cuanto alzamos el vuelo y salimos al exterior por el pajar, empecé a recibir sensaciones muy distintas. Mi mente de gaviota no buscaba ratones o animales indefensos. Su alcance era mucho mayor porque buscaba cualquier cosa que se pudiera comer.

Por otra parte, el cerebro de la gaviota era similar al de los otros pájaros en los que ya nos habíamos convertido antes, con lo cual fue bastante fácil dominarlo. No perdimos tiempo, aunque una vez que iniciamos el vuelo, ninguno de los cuatro podía evitar fijarse en todo aquello que pareciera comestible.

<¡Miren allí! ¡Papas fritas en el suelo!>

<¡Eh! ¡Allí, al lado de ese auto hay un trozo de chocolate!>

<¡Aahh! ¡Fíjense en los cubos de basura que hay detrás de McDonald's!>

A veces no queda más remedio que aceptar los esquemas mentales del animal y sobrellevar la situación lo mejor posible.

<¡Ahí está la playa!>, anunció Jake sin dejar de aletear. Planeábamos un poco y después batíamos las alas.

En cierto sentido es más fácil ser un ave rapaz porque no se tiene que batir las alas constantemente.

Cuando comenzamos a sobrevolar el mar, desapareció nuestra obsesión por buscar comida, bueno, no del todo.

<¡Eh! ¿No es eso una bolsa de papas fritas flotando en el agua?>

Volábamos bajo, a tan sólo unos metros de la superficie del agua, no como las aves rapaces, que pueden aprovechar las corrientes de aire caliente para levantar el vuelo y perderse en las nubes.

Tobías, sin embargo, no volaba tan alto como solía. Por encima del mar no hay corrientes térmicas, así que tenía que batir las alas para mantenerse en el aire.

Seguimos volando, rozando casi la superficie picada del mar.

<¡Miren! —exclamó Rachel—. ¡A la izquierda!>

Unas manchas grisáceas y brillantes rasgaban el agua, arriba y abajo, arriba y abajo, rompiendo la barrera que separa el mar del cielo. Era un grupo de delfines.

<En momentos como éste es cuando valoro lo que tenemos —observó Rachel—. Ahora estamos volando. ¿Se dan cuenta? ¡Volando! Y dentro de un rato seremos como ellos y el mar se convertirá en nuestro hogar.>

<Exacto, en el nuestro y en el de los tiburones>, añadió Marco pesimista.

<Aun así, es... ¡genial!>, insistió Rachel.

<¡Un barco! Justo ahí delante>, anunció Jake.

<¿Es que no lo habían visto? —comentó Tobías entre risas—. Vaya, su sentido de la vista no está muy desarrollado que se diga. Se trata de un barco de mercancías llamado *Newmar*, procedente de Monrovia. ¿Quieren saber de qué color es el pelo del capitán?>

<Presumido>, gruñó Jake.

La vista de los ratoneros es asombrosa. Si hay suficiente luz, Tobías es capaz de leer un libro a tres manzanas de distancia.

El barco avanzaba demasiado rápido para una gaviota, así que nos fue bastante difícil alcanzarlo.

Cuando por fin llegamos, estábamos completamente exhaustos.

Se trataba de un barco gigantesco, sólo la cubierta medía más que un campo de fútbol. Era de color azul, aunque un poco desgastado por el paso del tiempo. La superestructura de la nave se concentraba principalmente en la parte de atrás. Allí es donde suponíamos que se encontraría la tripulación, así que volamos hacia el extremo opuesto con la esperanza de encontrar algún rincón escondido.

En la cubierta había muchos contenedores, grandes cajas de metal que parecían remolques, alineadas en filas interminables, no sólo en la cubierta, sino también en la bodega.

Aterrizamos en el escaso espacio que quedaba, entre dos filas de contenedores en la parte delantera del buque. Teníamos la sensación de estar cercados por altas paredes de metal corrugado que se elevaban por encima de nuestras cabezas hasta perderse en las alturas.

<Tobías, ¿cuánto tiempo llevamos?>, preguntó Jake.

<Hora y media>, contestó Tobías tras consultar el diminuto reloj atado a una de sus patas.

Era el momento de volver a nuestro estado natural.

El lugar elegido entre las filas de contenedores pareció estrecharse cuando recuperamos nuestra forma humana.

—¡Brr! ¡Qué frío hace aquí! —me quejé. El acero del suelo parecía hielo bajo mis pies descalzos y, aunque el sol brillaba, estábamos a la sombra.

—Esto es lo peor de transformarse —protestó Marco—. ¿Me puede decir alguien cómo hacerlo sin quitarse los zapatos y, si es posible, con un suéter puesto? Cassie, tú eres la experta. Estoy harto de este uniforme ridículo.

—Pero si estás muy buen mozo —se burló Rachel.

—Además, no es precisamente el último grito

de la moda. Deberíamos usar otro tipo de uniforme, uno que sea más moderno y que abrigue,
sobre todo que abrigue. Si no, cuando venga el
invierno, seremos unos animorphs muy desgra-
ciados.

—Ahora tenemos cosas más importantes en
qué pensar —le recriminó Rachel—. Por ejemplo, ¿cómo sabremos que hemos llegado a nuestro destino?

—Vamos a ver, ¿a qué velocidad va este
barco?, ¿a unos cincuenta kilómetros por hora
más o menos? —reflexionó Jake con cara de no
saber muy bien—, pues en una hora habremos
recorrido cincuenta kilómetros.

—Hay que reconocer que eres un genio en
matemáticas —añadió Rachel acercándose un
dedo a la frente—. El barco va a cincuenta kilómetros por hora y sólo por eso deduces que en
una hora recorre cincuenta kilómetros.

—Eso es todo lo que sé de matemáticas
—contestó Jake riéndose.

<En realidad, navegamos a unos cuarenta y
cinco kilómetros por hora>, aclaró Tobías.

Todos lo miramos fijamente.

<Muchas veces vuelo cerca de los autos y
controlo el cuentakilómetros para saber a qué velocidad voy. Cuando iba volando al lado del
barco, registré la velocidad.>

—De acuerdo, cuarenta y cinco kilómetros,

más o menos, dirección sur —calculó Marco—, lo cual quiere decir que nos dejará a tan sólo unos kilómetros de distancia de donde Cassie dice que está el sitio.

Un escalofrío me recorrió la espalda. Cada vez que alguien decía que yo había decidido adónde ir o qué hacer, me ponía nerviosa.

<Será mejor que vuelva —manifestó Tobías con tristeza—. No quiero tener que recorrer a la vuelta cuarenta y cinco kilómetros sin descansar. Además, si me quedo terminaré en Singapur.>

<¿En Singapur?>, preguntó Rachel.

<Sí, al pasar volando lo leí en el cuaderno de navegación del capitán. Allí es adonde nos dirigimos.>

Tobías se marchó, dejándonos su cronómetro.

Era muy aburrido permanecer allí durante una hora sin nada que hacer, aparte de intentar averiguar qué había en el interior de los contenedores. Por otra parte, sabíamos que lo que nos esperaba no iba a resultar aburrido en absoluto. Así que, en cierto sentido, estábamos contentos de poder aburrirnos durante un rato al menos. Nos acurrucamos para protegernos de la brisa oceánica cortante.

Al cabo de un buen rato, Jake consultó su reloj.

—Ha pasado una hora. Cassie, ¿qué opinas?

—No sé —admití—. Yo... yo espero que al

transformarme en delfín la información que me dio la ballena me llegue más clara. Se componía sobre todo de imágenes, algunas tenían que ver con sonidos, corrientes y con la temperatura del agua, y eso desde la superficie es difícil de apreciar.

—Muy bien —replicó Jake tras reflexionar durante un momento—. Ha llegado la hora. Vamos a uno de los lados del barco.

Nos levantamos y estiramos piernas y brazos, que se nos habían adormecido, para entrar en calor. Nos deslizamos entre los contenedores hacia babor, que es como se denomina en navegación la parte izquierda del barco.

Llegamos a la barandilla de metal que bordeaba el barco y que nos quedaba por encima de la cintura. Jake se aseguró de que no se nos pudiera ver desde el puente de control, y nos indicó que fuéramos un poco más hacia adelante donde había un ángulo muerto desde el que sería imposible ser descubiertos.

Nos asomamos por la barandilla y contemplamos el agua. Parecía estar a miles de kilómetros.

—¡Caramba! —exclamó Marco tras soltar un silbido—. Sí que está alto esto.

—Para una gaviota o un delfín no sería problema, pero para un humano es una altura considerable —corroboré.

—No podemos transformarnos aquí arriba. Con el cuerpo de delfín no seríamos capaces de saltar por la baranda —señaló Rachel.

—Tienes razón —asintió Jake—. Tenemos que saltar antes de iniciar la transformación, excepto Marco que no sabe nadar. Él podría hacerlo aquí y nosotros lo empujaríamos al agua.

—Jake —lo interrumpió Rachel con una mirada un tanto escéptica—. Cuando Marco se haya convertido en un delfín, pesará unos doscientos kilos.

—¡Umm! Vaya, no se me había ocurrido —replicó Jake con expresión preocupada.

Empezaba a sentirme frustrada. El plan se iba al traste y todavía no habíamos comenzado.

—Si me apoyo en la baranda —dijo Marco— y me transformo, me pueden arrojar antes de que me desaparezcan las piernas. Terminaré la metamorfosis durante la caída, unos segundos antes de llegar al agua.

—Ya, ¿y si el choque con el agua te deja inconsciente y te hundes? —añadí—. De ninguna manera. ¡Olvídalo! Lo mejor será convertirnos otra vez en gaviotas y volver a casa. Esto es una locura.

—¿Una locura? —repitió Marco—. ¡Eh! Esa frase es mía. Además, no hemos recorrido todo ese camino para nada.

—¡No me importa! —grité, sorprendida por mi reacción—. No quiero ser responsable de la muerte de nadie. Esto no va a salir bien. No sé adónde vamos ni qué tenemos que hacer.

—Una excelente demostración de carácter, Cassie —aplaudió Marco entre risas—. Ahora sí que estoy impaciente por saltar.

Estaba a punto de gritarle "Marco, esto no es una broma", cuando vi que su cara se proyectaba hacia delante formando un gran pico sonriente. Se estaba transformando.

—Co no coy a —intentó decir, pero su boca ya no le obedecía.

Su tamaño iba aumentando. Sus débiles piernas humanas temblaban por el peso que tenían que soportar. Sus brazos se fundieron en aletas.

—¡Ahora! —ordenó Jake. Agarró el brazo-aleta de Marco. Rachel y yo nos apresuramos a agarrarle las piernas cuando éstas ya empezaban a arrugarse.

—¡Arriba! —gritó Jake.

Marco, mitad humano, mitad delfín, se tambaleó por encima de la baranda y cayó al mar.

—¡Adelante! —ordenó Jake.

—¡Allá voy! —exclamó Rachel con una mueca feroz. Se colocó en la baranda, buscó el equilibrio como lo haría una gimnasta y se zambulló en el agua con una entrada perfecta.

Jake y yo cruzamos una mirada.

—Rachel —dijo, y puso los ojos en blanco.

—Es tu prima —observé.

—¡Vamos Una, dos... y

—¡Aaahhhh! —Me subí a la baranda y salté lo más lejos posible de la pared de acero del barco.

CAPÍTULO 16

—¡Aaaahhhhh!

El trayecto hasta el agua se me hizo eterno. Entré de pie en el agua provocando una columna de burbujas.

Me sorprendió lo fría que estaba el agua. Parecía hielo. Además, a tan sólo un par de metros se levantaba amenazadora la enorme pared de metal del carguero, que avanzaba a una velocidad increíble.

Moví las piernas con rapidez y me dirigí hacia la superficie. Aprendí a nadar de niña, pero me asustaba el hecho de encontrarme en medio del océano, en aguas tan profundas. No era como nadar en una piscina o en un lago, estaba en el mar, a unos cuarenta kilómetros de la tierra. Salí

a la superficie de golpe, en busca de una bocanada desesperada de aire, que vino acompañada
de un buen trago de agua salada. ¡Díos mío! ¡Qué
oleaje! Lo que parecían unas pequeñas olitas
desde arriba, en el barco, eran enormes una vez
abajo. No veía a los otros por ningún lado. Lo
único que divisaba era el costado del barco.

"Vamos, Cassie —me dije a mí misma—,
transfórmate. Éste no es lugar para una persona."

Un ser humano no tiene ninguna posibilidad
de sobrevivir en medio del océano. Si no hubiera
podido transformarme, no habría durado con
vida ni una hora.

Empecé a notar los cambios en el mismo instante en que logré concentrarme en la metamorfosis. Al principio, pensé que me iba a ahogar
porque mis pies humanos, que no paraban de
moverse, tenían que sostener todo el peso del
cuerpo del delfín si quería mantener la cabeza
fuera del agua. Mis brazos ya se habían convertido en aletas.

Una ola me pasó por encima y me entró un
montón de agua por la boca y por las fosas nasa-
les. Había llegado un punto en que me resultaba
imposible conservar la cabeza fuera del agua.
Tomé aire y me sumergí.

Cada vez veía mejor gracias a los ojos de delfín. Empecé a distinguir otras figuras revolvién-

107

dose y dando patadas al agua cerca de mí: Jake, en pleno proceso de transformación, y Rachel, que casi la había completado. Marco, con su sonrisa de delfín, parecía estar divirtiéndose.

Moví la cola que se me acababa de formar. Estaba a salvo. La metamorfosis se había realizado. Ahora era un delfín en un mundo de delfines. La torpeza, el frío y el miedo humanos ante un medio ajeno se evaporaron de repente.

Sentía calor y mantenía la situación bajo control. Me hallaba en el lugar adecuado.

<¿Estamos todos bien?>

Respondieron uno por uno. Lo habíamos conseguido. Era una pena que aquélla fuera la parte más sencilla de nuestra misión.

<Vaya, ha sido muy divertido —comentó Marco con sarcasmo—. ¿Qué tal si no lo repetimos nunca más?>

<¿Cassie?>, me llamó Jake empujándome con suavidad.

Quería relajarme. Traté de acallar mi mente humana y obedecer a los instintos del delfín. Tenía que comprender las instrucciones de la ballena, algo impensable para un humano.

<No estamos lejos —informé—. A unos pocos... No importa, no hay una palabra para definir eso. Pero, créanme, estamos cerca.>

<Tú primero, Cassie>, me animó Jake.

Me sentía rara siendo la cabecilla de la expedición. Nadamos cerca de la superficie durante un rato, lo cual dificultaba la tarea porque las ballenas nadan en zonas mucho más profundas. El mundo que la ballena vio y conoció se había desarrollado en aguas mucho más profundas que las que nosotros, como delfines, estábamos acostumbrados a habitar.

Sin embargo, por alguna razón, presentía que íbamos en la dirección adecuada. Me llegaron siniestras vibraciones que me avisaban de que habíamos alcanzado el lugar de las imágenes, un paisaje de montañas, valles y grietas submarinas. Sentí que las corrientes me envolvían y percibí cambios en la temperatura del agua.

Había llegado el momento.

<De acuerdo, que todo el mundo tome una buena bocanada de aire>, indiqué.

Salimos a la superficie, expulsamos el aire viciado y nos llenamos los pulmones del fresco aire oceánico.

<¡Un momento! ¿Qué es eso?>, exclamó Rachel.

<¿Qué?>, le pregunté.

<¡Allí! ¡Es un helicóptero!>

Observamos cómo el helicóptero se aproximaba a la superficie del agua lentamente. Estaba tan sólo a unos metros, pero nuestra vista de delfín no lo distinguía con la perfección de la vista humana. Según se iba acercando, vimos que soltaban un cable.

<Algún tipo de sensor>, dedujo Jake.

<Están buscando algo en el agua>, corroboró Marco.

<Son ellos>, concluí.

No había más que discutir. No había duda alguna. Aquel helicóptero lo pilotaban los controladores.

Los yeerks estaban allí.

CAPÍTULO 17

<Tomen todo el aire que puedan —insistí—. Nos sumergimos.>

Buceamos casi en línea recta hacia el fondo. Dejamos atrás la barrera de luz. Abandonamos el sol y el aire que necesitábamos tanto como los humanos.

Detecté un banco de peces justo por debajo de nosotros. No habíamos venido a comer, así que atravesamos el grupo y seguimos nuestro camino hacia las profundidades hasta que distinguimos el fondo del océano.

Nadamos a ras de suelo, por encima de campos de algas que se movían al compás del agua. Parecíamos avionetas sobrevolando las copas de los árboles. Atravesamos bancos de peces que salían disparados a nuestro paso. Rozamos salientes de rocas pobladas de percebes incrustados, extraños cangrejos, langostas, gusanos y caracoles.

Delante de nosotros se distinguía una meseta, una especie de colina alargada y baja. Nadamos por encima de ella.

<Necesito salir a respirar —informó Rachel—. ¿Queda mucho?>

Lo vimos todos al mismo tiempo, pero nos resultaba difícil creerlo.

Aunque me había acostumbrado a ver cosas inexplicables, extraterrestres, naves espaciales y mis propios amigos convirtiéndose en animales, aquello lo superaba con creces.

Tenía forma circular, era como un plato, un plato gigantesco. Debía tener unos dos kilómetros de diámetro. Estaba cubierto por una cúpula transparente, de cristal, o lo que los andalitas usaban como cristal.

Dentro de la cúpula, que lo protegía del empuje de las olas, podía distinguirse una especie de parque. Sí, un parque dentro de una cúpula de cristal en el fondo del mar. Había hierba, tirando más a azul que a verde, pero, en todo caso, hierba. Algunos de los árboles recordaban a enormes tallos de brócoli. Otros eran como espárragos azules y anaranjados. En el centro se extendía un pequeño lago de azules aguas cristalinas, en el que crecían cristales verdes que adoptaban distintas formas, semejando copos de nieve un tanto extravagantes.

<¡Vaya!>, exclamó Marco.

<¡Formidable!>, soltó Jake.

<¿Es esto lo que esperabas, Cassie?>, me preguntó Rachel.

<Yo... yo... soñaba cosas raras... Veía pequeños fragmentos de algo... pero esto... ¡esto es increíble!>

<Creo que eso de allí es una escotilla —señaló Marco—. ¿Ven aquella parte que sobresale?>

<Vamos a ver —indicó Jake—. Ya no puedo aguantar mucho más tiempo sin respirar.>

Nos dirigimos hacia una zona de la cúpula de cristal diferente al resto. A medida que nos íbamos acercando, podíamos apreciar la verdadera magnitud de la cúpula. Era como uno de esos gigantescos estadios de fútbol, sólo que aún más grande, si eso era posible.

<Sí, es una escotilla —confirmó Rachel. Se había adelantado un poco—. Es una especie de puerta de cristal y comunica con una habitación pequeña donde hay otra puerta que conduce al interior de la cúpula. También hay un pequeño panel rojo al lado de la puerta exterior.>

<O lo intentamos, o subimos a la superficie ya>, dijo Marco en tono apremiante.

<Seguro que accionando ese panel rojo se abre la puerta —observó Jake—. Allá voy, espero que funcione.> Presionó el pico contra el panel.

La puerta cedió al momento.

<Deberíamos entrar de uno en uno para asegurarnos de que no hay peligro>, sugirió Marco.

<No hay tiempo suficiente>, advertí. Ardía por dentro. Me faltaba el aire.

Nos colamos los cuatro por la puerta abierta. Había otro panel rojo. Lo toqué con el pico y la puerta se cerró, dejándonos atrapados en una pequeña cámara de cristal. Veíamos el exterior a nuestro alrededor, excepto por el lado opaco que conducía al interior de la cúpula.

<Sabía que tarde o temprano terminaríamos en un acuario>, comentó Marco.

El nivel de agua de la habitación empezó a descender lentamente. Enseguida se formó una burbuja de aire en la parte superior de la cámara. Saqué la cabeza y respiré profundamente aquel maravilloso oxígeno.

<Bien, hay que transformarse>, resolvió Jake.

Yo ya había comenzado. Para cuando el agua se hubo retirado casi por completo, me sostenía sobre mis pies humanos.

—¡Lo hemos conseguido! —celebró Marco en cuanto se le formó la boca—. No sé dónde estamos, pero lo hemos conseguido.

El agua desapareció por completo. Los cuatro

permanecimos allí, descalzos y con la ropa empapada. Descubrimos otro panel rojo al lado de la puerta que conducía al interior de la cúpula.

—¿Preparados? —preguntó Jake.

—Más preparado que nunca —contestó Marco.

Jake accionó el panel. La puerta se abrió. Sentí una ola de calor, una ráfaga de aire perfumado y penetrante. Me pareció distinguir...

De repente, perdí el conocimiento.

CAPÍTULO 18

Abrí los ojos. Estaba recostada. Lo primero que reconocí fue el mar a mi alrededor. Los peces pasaban relucientes rozando casi la cúpula. Más arriba se distinguía la frontera de plata que separa el mar del cielo. Parecía estar a muchos kilómetros de distancia.

Moví la cabeza hacia un lado. Jake estaba a mi lado, todavía inconsciente. Había un puñado de hierba azul debajo de mi cabeza. Miré hacia el otro lado.

—¡Ahhh!

<No te muevas. Los he dejado sin sentido para examinarlos y averiguar exactamente qué son. Si te mueves, te destruiré.>

El extraño ser tenía cuatro delicadas pezuñas

y, a primera vista, parecía un ciervo o un antílope de color azul pálido en algunas zonas y más oscuro en otras.

La parte superior de su cuerpo era robusta. Recordaba a un centauro mitológico. Tenía dos brazos pequeños y un par de manos con muchos dedos. En su rostro de forma casi triangular, se destacaban dos enormes ojos rasgados. En lugar de nariz, tenía una pequeña ranura vertical. La boca no aparecía por ningún sitio.

Del extremo superior de la cabeza le salían dos pequeños cuernos gemelos. Aunque en realidad no eran cuernos, porque ambos terminaban en un ojo giratorio, totalmente independiente de sus ojos principales.

Su aspecto era amable, gracioso, incluso delicado, hasta que veías la cola, similar a la de un escorpión, sólo que más gruesa y de aspecto amenazador, y rematada por una temible hoja de guadaña cuyos bordes afilados como cuchillas despedían continuos destellos.

No cabía duda. Se trata de un andalita.

También reconocí lo que sostenía en la mano y con lo que me apuntaba. Se parecía mucho al arma de rayos dragón utilizada por los yeerks.

Mis amigos comenzaron a recobrar el sentido.

—Pero ¿qué...? —exclamó Marco—. Por favor, dime que es un andalita de verdad, que no es Visser Tres.

De pronto y sin previo aviso la cola de la criatura se arqueó en dirección a Marco. La hoja afilada quedó tan sólo a unos centímetros de su rostro.

<¡Visser Tres! ¡No pronuncies ese nombre!>, amenazó el andalita.

—Bue-bue... bueno —consiguió articular Marco con un hilo de voz—. Lo que tú digas.

—Somos amigos —informé.

<No los conozco>, replicó el andalita, y retiró un poco su cola. Marco volvió a respirar.

—Tú me llamaste —continué—. Hemos venido a ayudarlos.

<¿La llamada? ¿Has oído la llamada? —Fijó los cuatro ojos en mí—. ¿Qué eres?>

—Una humana. Una persona de la Tierra.

<He visto imágenes de los de tu especie. Pero mi llamada iba dirigida a mis primos. ¿Cómo has podido oírla?>

—No lo sé —admití—. La oía en sueños, y lo mismo le pasaba a un amigo mío. Pensamos que podría tratarse de un andalita en apuros. Sólo queríamos ayudar.

<¿Qué saben de los andalitas? Los humanos no saben de nuestra existencia. Ustedes, los humanos, no viajan por las galaxias. Sólo conocen su planeta. Eso fue lo que mis antepasados me contaron.>

—Nosotros conocimos a un andalita. Estábamos con él cuando... cuando lo mataron.

<¿Quién era ese andalita que mataron?>, preguntó entornando sus ojos principales.

Traté de recordar. Nos lo había dicho, pero era un nombre difícil y muy largo.

—No me acuerdo del nombre completo, pero sé que empezaba por príncipe Elfangor...

El andalita se tambaleó como si hubiera recibido un golpe. Comenzó a temblar de arriba abajo. Su cola mortal se arqueó en el aire.

<¿El príncipe Elfangor? ¡Nadie podría matar a Elfangor! Es el mejor guerrero de todos los tiempos. ¡Nadie puede acabar con él!>

—Me temo que sí —intervino Jake—. Lo sabemos porque nosotros estábamos allí.

<¿Quién? ¿Quién dices que mató a Elfangor?>

—Aquel cuyo nombre no quieres que pronunciemos —añadí con dulzura.

<Era mi hermano. —El andalita mantenía la cabeza erguida, pero su cola flaqueó y se hundió en la hierba—. ¿Cómo... murió? ¿Murió luchando?>

—Murió defendiéndonos —respondió Jake—. Desafió a los yeerks. Luchó con todas las armas de que disponía hasta el último momento.

<Mi hermano era un gran guerrero. —La cria-

tura cerró los ojos principales brevemente—. Sus primos lo querían mucho. Sus enemigos le temían. Para un guerrero andalita, no hay mayor reconocimiento.>

Me quedé sorprendida por el comentario que Jake hizo seguidamente.

—Yo también he perdido a mi hermano. Es uno de ellos. Es un controlador.

<Y tú, humano —replicó el andalita al tiempo que abría los ojos—, ¿sirves a los yeerks o luchas contra ellos?>

—Lucho contra ellos; bueno, luchamos.

<¿De qué armas disponen? ¿Son poderosas?>

—La única arma que tenemos es la que tu hermano nos proporcionó —apunté—: el poder de transformarnos.

<¿Elfangor les otorgó ese poder? ¡Nunca antes se había hecho! —Parecía confundido—. Las cosas tuvieron que ponerse muy difíciles para que él les haya concedido la capacidad de transformarse.>

—Las cosas están peor de lo que te imaginas —añadió Marco—. Los yeerks saben que están aquí. Un fragmento de tu nave andalita apareció en la playa. Ahora mismo deben de estar ahí arriba, en la superficie.

<¿Qué plan tienen ustedes?> Por vez primera, el andalita se mostró inseguro.

—Sacarlos de aquí y esconderlos en algún sitio —contesté.

<¿Han venido hasta aquí sólo para rescatarme? ¿En serio?>

—Sí.

Sonrió con los ojos, como hiciera el príncipe Elfangor.

<Deben de estar agotados después de la última transformación. Tienen que descansar.>

—Un rato sí —asentí.

—¿Qué es esto exactamente? —preguntó Rachel—. Me refiero a esta cúpula. Es como una especie de parque, ¿no?

<Ésta es la parte central de una nave nodriza andalita. Aquí es donde vivimos. Los motores y el puente de mando están situados en esa sección alargada que sobresale de la parte inferior y remata en la cúpula.>

—O sea, algo parecido a un hongo, o a un paraguas —observé.

El andalita no reaccionó.

—Olvídalo —añadí.

<En la gran batalla que se entabló en la órbita de vuestro planeta, la cúpula se separó del resto de la nave.>

—¿Por qué?

<Yo... yo... —el andalita escarbó en la hierba con una de sus pezuñas—, yo soy muy joven para

luchar, según nuestras leyes. Además, el resto de la nave es más fácil de pilotar sin la cúpula.>

—¿Tú eres un niño?, es decir, ¿eres muy joven? —inquirió Marco.

<Sí.>

—¿Estás solo aquí? ¿Eres el único andalita que hay aquí?

<Sí, no hay nadie más. Cuando la nave-espada apareció por sorpresa, nos pilló fuera de nuestros puestos de vigilancia. Vi cómo la sección principal ardía. Las pistolas de rayos dragón dañaron el equilibrio orbital de la cúpula y fue entonces cuando me precipité al océano y me hundí hasta tocar fondo. Durante muchas semanas conservé la esperanza de que mis primos vinieran en mi busca, de que alguno hubiera sobrevivido al ataque. Al final, decidí arriesgarme y mandé una llamada de ondas espejo. Funciona... —De repente se interrumpió. Parecía avergonzado—. No nos está permitido revelar la tecnología andalita. Mi hermano me... Se hubiera enfadado mucho conmigo.>

—Entonces, ¿tú eres el único sobreviviente? —pregunté apenada.

<Sí, sólo yo —me contestó—. Ni príncipes ni guerreros.>

Sentí un vacío en el estómago. Creo que los otros se sentían igual que yo. Supongo que todos esperábamos encontrar un andalita que fuera como el que habíamos conocido: un príncipe, un líder que dirigiera la lucha, alguien que supiera más que nosotros.

—Nosotros también somos demasiado jóvenes —informé—, demasiado jóvenes para luchar, de acuerdo con nuestras leyes.

<Sí, pero luchan.>

—No nos queda otro remedio. Por cierto, todavía no sabemos cómo te llamas. Éstos son Jake, Rachel y Marco, yo soy Cassie. Hay otro más, Tobías, pero no ha venido.

<Mi nombre es Aximili-Esgarrouth-Isthil.>

Lo miramos sin pestañear.

—Ax —respondió Marco por fin—, encantado de conocerte.

<¿Quién es vuestro príncipe?>

Todos dirigimos la mirada a Jake.

—¡Eh, un momento! —protestó Jake—, ¡yo no soy príncipe de nadie!

Demasiado tarde, el andalita había dado un paso al frente, bajó la cola e inclinó la cabeza hacia delante.

<Lucharé por ti, príncipe Jake, hasta que pueda reunirme con mis primos.>

<Este árbol es de la especie derrishoul>, explicó Ax. Señaló uno de los árboles alargados como espárragos. Nos mostró sus dominios, una vez que nos hubimos repuesto del cansancio.

<Aquello es lo que llamamos enos ermarf.>

—¿El qué? —No veía a qué se refería.

<Aquello de allí. La curva que traza el lago para juntarse con la hierba, donde crecen los árboles derrishoul.>

—¿Tienen una palabra para eso? —pregunté.

<Tenemos nombres para designar todas las formas posibles de interacción entre el agua, el cielo y la tierra —explicó—. Y también para todos los ángulos de situación que los soles y las

lunas ocupan en el cielo de nuestro planeta, y la luz que proyectan sobre los distintos vértices del mundo.>

Rachel me miró y en silencio pronunció unas palabras:

—¡Es muy guapo! —pude leer en sus labios, y me guiñó un ojo.

Yo no estaba muy de acuerdo. Los andalitas poseen una belleza especial que asusta al mismo tiempo. Puedes pasar por alto sus antenas oculares e incluso la ausencia de la boca, a menos que la tengan escondida, pero la cola de escorpión es todo menos bonita. Su peligrosidad me recordaba a los tiburones.

—¿Vives aquí? —preguntó Marco—, quiero decir, aquí fuera, en espacio abierto?

<¿Y dónde si no? Aquí tenemos sitio para correr. Siempre tiene que haber sitio para correr.>

—Esto es como estar en otro planeta —se asombró Jake—. Como visitar una muestra de mundo andalita.

<Sí, y el hecho de que llevemos nuestro hogar al espacio pone furiosos a los yeerks.>

—¿Y qué les importa a ellos lo que llevan al espacio? —refunfuñó Marco.

<Es una de las cosas que más detestan los yeerks, además de muchas otras. Si pudieran, lo destruirían. Invadirían nuestro mundo y lo con-

vertirían en un planeta estéril, como el suyo. Eso es lo que harán con el de ustedes, si nadie los detiene antes.>

—¿A qué..., a qué te refieres? —Agarré el brazo de Ax—. ¿Qué quieres decir con eso de convertirlo en un planeta estéril?

<Es el procedimiento yeerk más corriente —explicó. Giró sus enormes ojos hacia mí—. Una vez que tienen un planeta bajo su mando, lo alteran para satisfacer sus propias necesidades. Conservan sólo las plantas y especies animales suficientes para alimentar a los cuerpos portadores de yeerks, en este caso humanos. El resto lo eliminan.>

Lo dijo sin ningún énfasis, como si fuera algo que resultara obvio.

—Espera, espera. —Le apreté el brazo cuando ya casi había reanudado la marcha—. Creo que no te he entendido bien. ¿Cómo que eliminan las especies?

<Las eliminan. Tratarán de convertir la Tierra en un lugar lo más parecido posible a su mundo yeerk. Destruirán la mayoría de las plantas y todas las especies animales, excepto las imprescindibles para alimentarse.>

Le solté el brazo. Perdí el equilibrio. Me sentía como si me acabara de atropellar un auto.

—No —susurré—. No puede ser verdad. Dices eso porque odias a los yeerks.

Los otros se habían quedado petrificados. No movían ni un solo músculo.

<¿Es que no lo sabían? —Nos miró entornando los ojos—. ¿No saben contra qué están luchando?>

—Lo único que sabemos es que ocupan las mentes humanas y las anulan —aclaró Rachel en un susurro.

<Sí, ése es uno de sus mayores crímenes. Pero los yeerks son capaces de mucho más. Son aniquiladores de mundos, destructores de vida. Toda la galaxia los odia y los teme. Se han convertido en una plaga que se extiende de planeta en planeta, sembrando desolación, esclavitud y miseria a su paso.>

Tenía frío. Me invadió una sensación de impotencia y debilidad. Estaba asustada. Miré a mi alrededor y ni siquiera el estimulante paisaje andalita me reconfortó. Por encima de aquel cielo percibía la enorme presión del océano que nos rodeaba y estaba impaciente por entrar.

<Sólo quedan tres razas en toda la galaxia conocida que los yeerks no han logrado someter —anunció Ax con orgullo—. Y sólo los andalitas pueden detenerlos.>

—¿Cuánto tiempo falta para que los tuyos regresen a la Tierra? —pregunté.

<Uno de cada... —vaciló—, uno de los años de ustedes. Quizá dos.>

127

—¡Dos años! —exclamó Jake perplejo. Me acerqué a mi amigo y le agarré del brazo—. ¿Cinco chicos luchando contra un enemigo que ha destruido la mitad de la galaxia? ¡Cinco chicos!

<Seis, mi príncipe>, corrigió el andalita con la sonrisa dibujada en los ojos.

—Ah, bueno, seis —replicó Marco con una sonrisa sarcástica—, entonces ya no hay de qué preocuparse.

—¿Cómo es posible que los yeerks hayan llegado tan lejos? —preguntó Rachel—. ¿Cómo ha podido ocurrir? Si ustedes son tan fuertes, ¿por qué no los detuvieron a tiempo? ¿Me puedes explicar cómo un puñado de gusanos que viven en estanques han conseguido hacerse tan poderosos?

<Tengo absolutamente prohibido revelar ciertas informaciones>, confesó Ax mirando a Rachel.

—Nos estás diciendo que... —replicó Rachel con expresión amenazadora— nuestro planeta está destinado a ser destruido, que nosotros somos los únicos que podemos impedirlo... ¿y ahora nos ocultas información? Pues perdona, pero no me parece muy inteligente de tu parte.

El andalita parecía enfadado, aunque no tanto como Rachel.

—Muy bien, creo que estoy lista para transformarme de nuevo —interrumpí para romper la tensión. Rachel estaba enojada porque tenía miedo. La información que nos había proporcionado el andalita no había hecho sino angustiarnos. Era demasiada presión. Nos costaba aceptar que la vida de todos los seres que poblaban la Tierra dependía de nosotros. Era una responsabilidad muy difícil de asumir.

—Cassie tiene razón —repuso Jake—. Ha llegado la hora. Vámonos antes de que sea demasiado tarde.

Todos lo seguimos. Atravesamos el extraño mundo de los andalitas para sumergirnos en otro mundo extraño, el mar.

¡Ojalá pudiera olvidar lo que acababa de decirnos el andalita! Mi mente se pobló de imágenes espantosas: la Tierra convertida en un planeta sin pájaros ni plantas ni océanos, sólo un paisaje baldío y muerto.

<¿No saben contra quién están luchando?>, había preguntado el andalita.

Por desgracia, acabábamos de enterarnos.

CAPÍTULO 20

—¡Un momento! Una pregunta tonta —intervino Marco.

—¿De qué se trata? —preguntó Jake.

—¿Cómo vamos a sacarlo de aquí? —preguntó Marco señalando al andalita.

—Umm, Ax —empezó Jake con cara de desconcierto—, supongo que no sabes nadar, ¿verdad? Quiero decir, nadar bien, muy bien, porque hay un largo camino hasta la playa.

<No tengo por qué utilizar este cuerpo para nadar, me transformaré en una criatura del mar.>

—¿Como por ejemplo? —preguntó Marco sin rodeos—. Tenemos un largo camino que recorrer y no podemos perder tiempo.

<Un día adquirí el ADN de una criatura del

mar que pasaba por aquí. Primero la dejé sin sentido y después adquirí su ADN. Pensé que me sería de utilidad si quisiera escapar.>

—¿Qué clase de animal? ¿Cómo era...? —Callé de repente. Había visto algo, una especie de sombra. Miré hacia arriba, más allá de la cúpula.

Había algo flotando en la superficie, tenía la forma de un puro.

—¡Miren, un barco! —avisé—. Allá arriba y, si no me equivoco, se ha detenido.

—¡Salgamos de aquí ahora mismo! —ordenó Jake.

Nos dirigimos sin perder un segundo hacia la escotilla. Un sonido sordo resonó por toda la cúpula.

—¡Es un sonar! —informó Marco.

—¿Cómo lo sabes? —preguntó Rachel.

—¿Es que no has visto *La caza del Octubre Rojo*? ¡Una gran película! Pero larguémonos de aquí, nos han encontrado.

Nos apiñamos dentro de la habitación que nos conduciría al exterior.

—¡Transfórmense! —ordenó Jake.

Yo ya había comenzado la metamorfosis. Ya sentía los rasgos de delfín en mi cuerpo. Mis amigos también empezaban a cambiar. El nivel del agua iba subiendo rápidamente y nos llegaba ya casi hasta la cintura.

Ax también comenzó a transformarse. Casi interrumpe mi concentración. Si ya resulta extraño ver a un andalita en su estado normal, no les quiero ni contar cuando cambian de forma. En lugar de dos piernas arrugadas y a punto de desaparecer, tenía cuatro. Conservaba todavía las antenas y la cola, aunque ésta había perdido su hoja de guadaña y se había dividido en dos.

Una de las hojas era vertical, alargada y dentada. La otra estaba situada por debajo de la anterior y era más corta.

El agua me llegaba al cuello, pero para entonces yo ya era más delfín que humana.

¡BUUUMMMM!

La explosión sacudió la cúpula entera. Mis dientes castañetearon. Por un momento pensé que me habían reventado los tímpanos.

<¡Yeerks!>, exclamó Ax. Su tono era idéntico al empleado por su hermano al pronunciar esa misma palabra: una mezcla de odio y de ira tan profundos que resultaba difícil de asimilar.

¡BUUUMMM!

¡Otra explosión! Por fin, la escotilla que daba al exterior se abrió y salimos precipitadamente. Cuatro delfines y...

¡Un tiburón!

Había estado tan preocupada por las explosiones que no me había fijado. ¡Ax se había transformado en un tiburón!

<¡Buena elección, Ax! —celebró Marco—. ¡Te has convertido en tiburón!>

<¿Qué tiene de malo?>, preguntó el andalita.

<Tu especie y la nuestra son enemigos mortales>, le expliqué.

<Vaya, tengo mucho que aprender sobre la Tierra.>

<Primera lección: ¡Larguémonos de aquí!>, gritó Marco.

Nadé hacia la superficie, todavía distante. A medio camino miré hacia atrás. Distinguí dos agujeros desiguales en la cúpula, por los que entraba el agua a chorros. Parecían las cataratas del Niágara. Justo en ese momento, otro cilindro negro lanzado desde la superficie iba directo a estrellarse contra la cúpula.

Hasta yo sabía que se trataba de una carga de profundidad después de haberla visto en todas las películas de submarinos.

<¿Qué huéspedes han utilizado estos yeerks?>, preguntó impaciente Ax.

<Um..., ¿te refieres a los cuerpos que han ocupado? ¿Los controladores? Son hork-bajir y humanos>, respondí.

<Los hork-bajir no saben nadar —observó Ax—. Todavía nos podemos salvar. Los yeerks no conocen el mar. En su planeta no hay océanos, sólo estanques poco profundos.>

<Bien —añadió Jake—. Sólo cuentan con los hork-bajir y con los taxxonitas, claro.>

<¿Taxxonitas?>

<Sí, ¿algún problema?>

Nos encontrábamos cerca de la superficie, aproximadamente a unos tres metros de la frontera que separa mar y cielo.

Fue entonces cuando una sombra nos cubrió. Era mucho más grande que la anterior y muy oscura. Todos nos estremecimos. Pasó rozando la superficie del agua.

Tenía la forma de una enorme hacha de guerra. En la parte de atrás llevaba dos cuchillas gemelas semicirculares. La parte de adelante acababa en una punta alargada en forma de diamante. No había duda, se trataba de la nave-espada de Visser Tres.

Al pasar por encima de nosotros, la nave había dejado caer al agua una serie de bultos. Me asomé para ver de qué se trataba. Casi me muero del susto al comprobar que eran taxxonitas. Docenas de ellos se habían lanzado al océano y se acercaban a toda prisa hacia nosotros.

<¿Esos gusanos asquerosos saben nadar?>, se sorprendió Marco.

La respuesta estaba clara. Los taxxonitas tenían el aspecto de un ciempiés, sólo que de unos tres metros de largo y con el cuerpo plagado de cientos de patas afiladas como agujas. Nos perseguían y además nadaban muy velozmente. Demasiado velozmente.

Desde donde estábamos no podíamos ver sus característicos ojos gelatinosos de color rojo. Lo único que distinguíamos a la perfección era su boca circular que se abría en la parte superior de aquellos cuerpos repulsivos.

Había visto cómo unos taxxonitas peleaban por atrapar algún pedazo del príncipe Elfangor cuando Visser Tres lo estaba devorando. Recuerdo también otra ocasión en que unos taxxonitas engulleron a uno de su especie, siguiendo las órdenes de Visser.

<Dime una cosa —consultó Ax—. Me da la sensación de que el cuerpo que he adquirido está diseñado para luchar. ¿Es así?>

<Sí, Ax —sonreí para mí—. Los tiburones son grandes luchadores.>

<Entonces, príncipe Jake, ¿por qué no acabamos de una vez con esta escoria taxxonita?>

<No me llames príncipe —protestó Jake—. La respuesta es sí. Vamos a darles su merecido a esos taxxonitas.>

CAPÍTULO 21

Éramos cinco animorphs luchando contra una docena de taxxonitas en el agua. Nadando en línea recta ellos eran más rápidos, pero pronto descubrimos que nosotros éramos mucho más ágiles.

<Escojan un blanco>, ordenó Jake sin rodeos.

Elegí como objetivo uno de los grandes. Tuve que obligarme a mí misma a pelear. Al contrario que los tiburones, la reacción instintiva del delfín no es luchar. Tuve que echar mano de mi cerebro humano. No resultaba fácil. Ya había luchado antes contra los yeerks para liberar a algunos humanos. En esta ocasión lo hacía para salvar al planeta entero. Aun así, el odio no era un sentimiento natural en mí.

Sin embargo, sabía lo que tenía que hacer. Los yeerks no se apiadarían de nosotros. Si los taxxonitas ganaban la batalla, nos matarían, o algo peor.

Me lancé contra uno de ellos y éste contra mí. Parecíamos dos trenes avanzando a toda velocidad por la misma vía en dirección contraria. En el último segundo, cuando la boca roja y entreabierta del taxxonita se hallaba a tan sólo medio metro de mí, arqueé el cuerpo y le asesté un buen golpe en el costado.

Esperaba que el impacto fuera duro, seco y contundente como el del tiburón. Pero no, fue como golpear una bolsa de papel mojado con un mazo de hierro. El taxxonita reventó como una sandía al caer al suelo.

<¡Aaaaargggghhh!>, grité a punto de vomitar. Rápidamente, con un ágil movimiento de cola, me escabullí de la horripilante escena que acababa de provocar.

A mi alrededor la batalla era encarnizada. Delfines y tiburón contra taxxonitas.

Los científicos afirman que los tiburones son una de las especies más antiguas que existen. Son predadores por naturaleza, máquinas de matar perfectamente dotadas. No han tenido que evolucionar ni adaptarse al medio. Están bien diseñadas desde el principio.

Los delfines, en cambio, son un caso muy diferente. Según los científicos, hace millones de años los delfines eran animales terrestres. Los mamíferos marinos no se diferencian mucho de los humanos ni del resto de los mamíferos. Con el tiempo, desarrollaron la capacidad de nadar en el mar. Parte de su evolución consistió en aprender a sobrevivir entre predadores como las orcas y los tiburones.

No sé en qué mar se había desarrollado la especie taxxonita, ni contra qué predadores se había enfrentado, pero estaba claro que con nosotros tenían las de perder. No estaban preparados para luchar frente a frente contra los amos de las profundidades en los mares del planeta Tierra. No había punto de comparación.

<Muy bien, salgamos de aquí —ordenó Jake—. Ya han tenido bastante.>

<No eran tan fuertes, ¿verdad?>, observó Rachel haciéndose la valiente. No obstante, yo la había visto temblar.

Subí a la superficie como una bala y respiré el aire cálido de la tarde. El sol se ponía por el horizonte. Dos barcos avanzaban en nuestra dirección.

Lo peor era la temible nave de Visser que se mantenía en el aire, a tan sólo unos metros del agua.

<No podemos desperdiciar más tiempo —ad-

virtió Marco—. El plan inicial era dirigirnos a una de aquellas pequeñas islas del canal, volver a nuestro estado natural, descansar y continuar el camino de regreso. Pero ahora la isla más cercana queda a más de dos horas, y eso, nadando a toda velocidad. Si no huimos, quedaremos atrapados para siempre en este cuerpo o acabaremos ahogándonos. Y la verdad es que ninguna de las dos opciones me hace mucha gracia.>

<Tienes razón, Marco —admitió Jake—. Rumbo hacia la isla más cercana.>

<¿Cómo controlan el tiempo?>, preguntó Ax.

<A veces llevamos reloj. Otras, como ahora, tenemos que calcularlo mentalmente y confiar en no equivocarnos.>

<Ah. Con el permiso de ustedes, yo controlaré el tiempo>, dijo Ax.

<¿Tienes reloj?>

<No, pero sí la capacidad de cronometrar el tiempo que transcurre>, contestó Ax.

<Perfecto —exclamó Marco—. ¿Cuánto tiempo nos queda?>

<Llevamos aproximadamente el treinta por ciento del tiempo permitido.>

<Hemos gastado el treinta por ciento? —traté de pensar. Nunca fui fuerte en matemáticas. Además, es un poco difícil sacar cuentas cuando acabas de salir de una batalla y estás muerta de

miedo—. Es decir, unos treinta y seis minutos, lo que significa que todavía nos quedan una hora y veinticuatro minutos.>

¡BUUUMMMM! Un estruendo enorme retumbó detrás de nosotros, como si alguien hubiese arrojado un camión gigante al mar.

<¿Qué ha sido eso?>, preguntó Marco.

<Algo ha caído al agua —le respondí—, algo muy grande.>

¡BUM! ¡BUM! ¡BUM!

<¿Qué diablos es eso ahora?>, preguntó Rachel.

Subí a la superficie para respirar y comprobar de qué se trataba. Los dos barcos continuaban acercándose pero no iban muy rápido. Les sería imposible alcanzarnos. La nave-espada se había esfumado. Escudriñé el cielo y no logré verla.

<¿Alguien puede localizar la nave de Visser?>, pregunté.

<No, pero eso no significa que no ande cerca —advirtió Jake—. Quizá se haya camuflado.>

¡BUM! ¡BUM! ¡BUM!

<¿Qué es eso?>

<Sea lo que sea, se está acercando>, observé.

De pronto recordé que podía utilizar otros sentidos aparte de los humanos. Puse en marcha rápidamente el radar. La imagen que me llegó me cortó la respiración.

<Está en el agua. Es grande, enorme. Es del tamaño de una ballena, pero no se mueve como ellas.>

Jake, Marco y Rachel enviaron también señales.

<Sea lo que sea, viene hacia nosotros>, nos informó Rachel.

<Es grande, rápido y nos está persiguiendo>, añadió Marco.

¡BUM! ¡BUM! ¡BUM!

Salí a respirar una vez más y miré hacia atrás. Justo en ese momento vi a lo lejos una enorme joroba de color rojo oscuro, casi púrpura, que sobresalía por encima de la superficie del agua. Estaba cubierta por cientos de colas de pececillos que se movían frenéticamente.

<Ax —le pregunté tras sumergirme—, hay algo ahí detrás que no parece de este planeta.> Se lo describí. Bueno, al menos la parte que había visto.

<Es un mardrut>, contestó Ax.

<¿Un mardrut? ¿Qué demonios es eso?>

<Un mardrut es una bestia que vive en los mares de una de nuestras lunas andalitas. ¡De sólo pensar que esa escoria yeerk ha puesto el

141

pie en una de nuestras lunas me...! ¡Y han adquirido nuestros animales!>

<Ax, escucha, ¿nos puedes explicar qué es un mardrut?>, insistí.

<Es una criatura gigantesca que es capaz de nadar gracias a tres enormes cámaras que van expulsando agua. Hace un ruido muy particular...>

¡BUM! ¡BUM! ¡BUM!

<¿Algo así?>, inquirió Marco.

<Sí —asintió Ax—, creo que sí. No lo había reconocido. Sólo lo he oído una vez y fue en la escuela. Claro que aquel día yo no estaba prestando mucha atención a las explicaciones del profesor.>

Casi se me escapa la risa. Me imaginé una clase de andalitas, todos bien sentados y con la cabeza en otra parte, igual que nosotros, pero la situación no era como para tomársela a risa.

¡BUM! ¡BUM! ¡BUM!

<Eso no es un mardrut auténtico>, añadió Ax.

<Lo suponía>, convino Jake.

<Entonces, ¿ya saben quién nos está persiguiendo? —Ax parecía sorprendido—. ¿Han adivinado que es Visser Tres transformado?>

<Lo hemos visto antes>, replicó Rachel fríamente.

<¿Se han enfrentado a Visser Tres y todavía siguen con vida? —Ax parecía realmente impre-

sionado—. Les presento mis más sinceros respetos.>

<Gracias, niño —añadió Marco secamente—, pero te cambio los respetos por un buen barco a motor para escapar de esa mala bestia.>

¡BUM! ¡BUM! ¡BUM!

CAPÍTULO 22

Aquella bestia enorme era incansable, mientras que nuestras fuerzas empezaban a abandonarnos.

Sólo llevábamos media hora nadando y a mí ya me parecía una eternidad. Estaba exhausta. Habíamos ido a toda máquina, empujados por el pánico. Nadábamos a contracorriente, luchando por vencer la necesidad urgente de descansar. La cola se nos debilitaba y empezábamos a sentir un hambre voraz.

¡BUM! ¡BUM! ¡BUM!

El mardrut avanzaba sin disminuir el ritmo. No parecía representar ningún esfuerzo. Nos iba ganando terreno metro a metro.

Se encontraba ya tan cerca que lo distinguíamos con toda claridad. Tenía el aspecto de una bolsa hinchada, con manchas rojas y púrpuras. Se deslizaba con la suavidad propia de un pez pero sin detenerse. Rezumaba agua de mar por los costados. Tres sacos enormes de agua se alternaban para servirle de propulsor. Después de cada estallido, los cientos de colas que le cubrían el cuerpo se agitaban para mantener el impulso.

¡BUM! ¡BUM! ¡BUM!

Entonces, la bestia habló. Ya habíamos oído antes resonar esa voz silenciosa en nuestras cabezas. Era como escuchar las peores maldiciones que se puedan imaginar. Una voz desbordante de maldad y odio invadió nuestros cerebros.

<Los atraparé, valientes guerreros andalitas —amenazó con desprecio—. Los atraparé.>

Aquellas palabras me removieron las entrañas. Sentí cómo mi propio odio crecía para competir con el suyo. Aquellas imágenes que Ax había descrito: la Tierra, seca y desierta, sólo habitada por los esclavos de los yeerks...

Jamás en mi vida había sentido un odio como el que entonces se desató en mi interior. Era una sensación terrible que me quemaba por dentro, como si aquel fuego que te consume las entrañas no se fuera a extinguir nunca.

<Los atraparé. Ya son míos. No sé si conver-

·tirlos en controladores o simplemente engullir-
los. Tendré que tomar una decisión. Están débiles y su tiempo se está agotando.>

¡BUM! ¡BUM! ¡BUM!

Todos, excepto Ax, nos habíamos enfrentado
antes a Visser Tres. El andalita parecía estreme-
cerse en su cuerpo de tiburón. Sus ojos no mos-
traban emoción alguna y avanzaba de forma
irregular.

<Ax —le llamé pero no obtuve respuesta—.
Ax, hemos oído antes esa voz y esas amenazas y
hemos sobrevivido.>

<Nos va a matar —exclamó Ax—. Va a acabar
con nosotros como acabó con Elfangor.>

<Ax, ¡basta ya! ¡No le contestes! ¡No le hagas
caso! ¡Sigue nadando!>

El pánico de Ax era contagioso. Tenía razón.
No teníamos tiempo suficiente para llegar a tierra y evitar quedarnos para siempre atrapados en
nuestros cuerpos de delfín. No había escapato-
ria. Miré hacia atrás.

Estaría a unos veinte metros de nosotros. Intenté forzar aún más mis músculos, pero estaban
a punto de reventar.

"Ha llegado el final, Cassie —me dije a mí
misma—. Se acabó."

Sentí de nuevo una punzada de odio.

Me resistía a morir con aquel sentimiento en

el corazón. No podía permitir que aquel maldito Visser venciera también en eso.

Dejé mi mente a la deriva mientras mi cuerpo exhausto continuaba avanzando. Me abandoné a los recuerdos felices: el granero y los animales, mis padres. Y Jake.

Recordé los mejores momentos, cuando nos convertíamos en pájaros y aprovechábamos las corrientes ascendentes de aire cálido para volar junto a Tobías. ¡Qué tiempos! Me acordé de cuando yo me sentaba a los pies de mi abuela y ella me contaba la historia de nuestra familia, de todas las generaciones que habían vivido y trabajado en la granja.

Luego me invadió un recuerdo más cercano en el tiempo. Me acordé de la ballena, de cómo me llenó el alma con su inmenso y cálido silencio. Casi podía oír su canto.

¡Un momento! Estaba oyendo su canto de verdad. No era producto de mi imaginación. A través del agua resonaba su canto lastimero y cautivador. No se hallaba lejos.

Acallé mi mente humana y dejé que los instintos del delfín tomaran las riendas. Me sometí a la mente del delfín, que sólo desea jugar y pelear y saltar por encima del agua como si fuera un pájaro.

Emití las vibraciones, cientos de ondas fugaces comprimidas en unos pocos segundos. Estaba pidiendo ayuda.

¡Qué tonta! Era totalmente ridículo, pero me deshice en una súplica silenciosa, como una niña que llama a su madre porque acaba de tener una pesadilla.

<¡Me persigue un monstruo! ¡Es un asesino! ¡Es malo! ¡Ayúdame!>

<Hemos consumido el ochenta por ciento de nuestro tiempo>, logró articular Ax a duras penas.

<Nos quedan veinticuatro minutos>, precisó Marco en un jadeo.

<Da lo mismo. Ya no puedo más —admitió Rachel—. Estoy agotada. Está demasiado cerca. No queda más remedio que dar la vuelta y luchar.>

¡BUM! ¡BUM! ¡BUM!

<No podremos vencerlo>, reconoció Ax.

<Ya lo sé —corroboró Jake—, pero puesto que debemos perecer, prefiero hacerlo luchando a dejar que nos atrape uno a uno.>

<Ésa es la actitud típica de un andalita —observó Ax—. Tenemos muchas cosas en común. Ojalá todo esto hubiera terminado de otra manera.>

<Hasta tres>, ordenó Jake.

<Una. Dos. ¡Adelante!>

Nos detuvimos y giramos para enfrentarnos a la bestia.

<Jake> —lo llamé—. Quería decirte que...>

<Sí, yo también, Cassie>, confesó Jake.

¡BUM! ¡BUM! ¡BUM!

Aquella terrible masa de manchas rojas y púrpuras se abalanzó sobre nosotros. Me estremecí, presa del terror; sin embargo, estaba tan cansada que no tenía fuerzas ni para resistirme.

<¡Ayuda!>, pedí por última vez aunque sabía que no había nadie allí para recibir mi llamada de socorro.

Por fin, me resigné... y me despedí del mundo.

<Ya he decidido lo que voy a hacer con ustedes —bramó Visser Tres—. Después de este ejercicio, me ha entrado hambre.>

CAPÍTULO 23

Nos embistió.

De pronto, se elevó una masa negra procedente de las profundidades marinas. Era algo alargado y muy grande, incluso más que el mardrut.

Visser Tres se estremeció y se detuvo en seco.

Otra sombra negra, tan vertiginosa como la primera, se abalanzó contra nosotros.

<Son los grandes>, susurré.

<¡Son ballenas!>, exclamó Marco triunfante.

Cinco ballenas gigantescas habían acudido en nuestra ayuda.

Las dos primeras que habían atacado eran dos machos que tenían la cabeza en forma de martillo. Eran cachalotes, medirían unos dieciocho metros de largo, y debían pesar alrededor de las sesenta y cinco toneladas, es decir, el peso de cincuenta autos.

Se habían sumergido hasta el fondo del mar de donde habían emergido a una velocidad pasmosa para chocar contra la extraña criatura que había invadido su territorio.

El mardrut era enorme y muy fuerte, pero ningún ser vivo puede contrarrestar el embate de unos animales que pesan casi sesenta toneladas.

La ballena, bueno, "mi" ballena, como me gustaba llamarla, empezó a golpear al monstruo con la cola. Aquellas sacudidas podrían haber derribado una pared. Dos ballenas hembras se unieron a la lucha y los dos cachalotes se retiraron hacia atrás para embestir de nuevo.

<¡Aaaaarghhh!>, Visser profirió un quejido de dolor, cuya furia retumbó en mi cerebro.

<¡Se está retirando!>, anunció Jake.

<¡Se marcha! —celebró Rachel—. ¡Ja, ja, ja!>

<Creo que a Visser no le caen bien las ballenas —gritó Marco—. ¡Las odia!>

Las ballenas lo persiguieron durante un buen rato, pero después lo dejaron marchar.

En realidad, estos animales no suelen atacar.

Desconocen el odio y no poseen un instinto destructor.

Mi ballena, el rorcual, regresó a mi lado para descansar unos minutos más tarde.

Quería darle las gracias pero, como ya les he dicho antes, estos animales no se comunican con palabras ni pensamientos. De todas formas, lo intenté.

<Gracias, grandulón.>

La gente se equivoca cuando afirma que las ballenas no son inteligentes o que su inteligencia no es comparable a la de los humanos. Las ballenas no leen libros ni construyen cohetes ni resuelven problemas de álgebra. Para esas tareas los humanos son más inteligentes, el gran cerebro de la Tierra, pero el que las ballenas no posean la inteligencia de los hombres no las hace inferiores. No tienen por qué conocer nuestro lenguaje para cantar canciones, ni cambiar su naturaleza para ser magníficas. Y aunque no estoy muy segura de lo que es el alma, sé con certeza que si los humanos poseen alma, las ballenas también.

Quería darle las gracias por atender a mi llamada de auxilio, aunque cuando me abrió su corazón, tuve la extraña sensación de que no sólo había acudido en mi ayuda, sino también para salvar al mundo acuático. El mar en su totalidad la había llamado para que lo defendiera de aquel abominable invasor.

Nunca les conté ni una palabra de esto a mis amigos. Lo hubieran tomado a risa, por lo menos Marco.

<Se nos acaba el tiempo>, advirtió Ax.

<Creo que si volvemos a nuestro estado natural, la ballena nos transportará hasta que estemos listos para transformarnos de nuevo>, comenté.

En efecto, recuperamos nuestra forma humana y Ax la suya de andalita. Cuando estuvimos preparados, nos encaramamos al lomo de la ballena.

Me quedé dormida. Ya sé que resulta difícil creerlo, pero estaba destrozada, física y emocionalmente. Me sentía exhausta a todos los niveles. Cuando me desperté, el sol se estaba poniendo. Nos encontrábamos cerca de la orilla. Ya se divisaba la playa, y un poco más al fondo, la desembocadura del río.

Estábamos empapados no sólo por el agua del mar, sino por el chorro a presión que soltaba la ballena al respirar. El tiempo refrescó una vez que el sol empezó a esconderse.

No tenía derecho a quejarme, después de todo, no iba a servirle de cena a Visser Tres. Jake estaba sentado frente a mí, con las piernas cruzadas. Me sonreía.

—Algún día será, ¿verdad? —dijo.

—Sí —contesté con una sonrisa.

—Lo hemos conseguido. Hemos salvado al andalita y estamos vivos.

—Por un pelo —añadí.

—¿Sabes una cosa? Tenías razón. Como confiamos en tus sensaciones, te obedecimos y ahora todos estamos a salvo.

—Sí, supongo que sí —asentí—. Sólo que..., como Marco diría, dejemos pasar un tiempo antes de repetirlo, ¿bueno?

—Aun así —comentó Jake esbozando aquella sonrisa suya lentamente—, es divertido ser un delfín, ¿verdad? Ya sé que estabas muy preocupada, que no estabas segura de que íbamos a hacer bien todo eso.

—Todavía no sé si ha sido lo correcto —repliqué moviendo la cabeza muy despacio—, pero supongo que no teníamos otra salida. Los yeerks han comenzado la lucha, no nosotros. Además, después de lo que nos ha contado Ax..., no es sólo la vida de una especie, la de los seres humanos, lo que está en peligro, sino todas las vidas. La Tierra entera está amenazada.

—Creo que si le preguntaras a los delfines, seguro que te dirían que has hecho bien utilizándolos, porque en realidad lo has hecho para salvarnos —me animó Jake.

—Qué va. Lo tomarían como un juego. Nunca lo entenderían.

Los dos nos reímos. Incluso aunque pudieran hablar, los delfines jamás entenderían por qué estábamos tan preocupados. Nosotros éramos los únicos que conocíamos la gravedad de la situación.

—Creo que tienes razón —añadió Jake—. Nosotros sí lo entendemos —buscó mi mirada—, sabemos lo que está en juego y haremos todo lo que esté en nuestras manos para ganar.

Comprendía a la perfección lo que trataba de decir. Habíamos usado a los delfines para salvarlos. Habíamos utilizado a otros animales para salvarlos también. Eso lo justificaba todo.

CAPÍTULO 24

Nos transformamos otra vez en delfines y nadamos hacia el río y de allí hasta el lugar donde habíamos escondido la ropa antes de meternos en el agua. Nos detuvimos cuando llegamos a aguas menos profundas y adoptamos nuestra forma humana.

—¡Qué gusto da ser persona otra vez! —celebró Jake.

—Bueno, Jake, tampoco exageres. En realidad tú nunca has sido lo que se dice una persona normal —bromeó Marco.

A lo mejor tenía gracia, pero estábamos tan cansados que no teníamos fuerzas ni para reírnos.

Desenterramos la ropa y los zapatos. Me puse los *jeans* y la camiseta encima de la ropa empapada. Metí mis pies llenos de barro en las botas.

—Qué extraño —comentó Ax después de observar detenidamente cómo nos vestíamos—. ¿Para qué se ponen eso encima de la piel?

—Es ropa —aclaró Rachel.

—¿Por qué se tapan? ¿Para protegerse del medio ambiente?

—Exacto. Además, la gente se enfadaría mucho si anduviéramos por ahí desnudos —añadió Marco.

Percibimos un aleteo por encima de nosotros. Una de las ramas cercanas se dobló bajo el peso de un pájaro.

—Tobías, ¿eres tú? —pregunté.

<Sí. Han... ¡han encontrado a un andalita!>

—Tobías, te presentamos a Ax. Bueno, ése es su apodo. Ax, éste es Tobías. Tobías es uno de los nuestros.

<Más o menos —replicó Tobías—. Me gustó tanto esta forma que he decidido quedarme así para siempre.>

<¿Te has quedado atrapado?> El andalita estaba perplejo.

<Sí.>

Ax me miró a los ojos, y después a los demás, uno a uno, con solemnidad.

157

<Han pagado un alto precio por el poder que les concedió mi hermano Elfangor.>

<¿El príncipe Elfangor era tu hermano? —preguntó Tobías. Sus penetrantes ojos de ratonero le brillaban—. Yo estuve con él hasta el final.>

—Muy bien —interrumpió Jake—. Será mejor que salgamos de aquí. Pero antes hay que pensar qué vamos a hacer con Ax. No puede ir así por la ciudad.

—Creo que lo mejor sería que se viniera a mi granja —sugerí—. El paisaje no es muy distinto del de la cúpula. Hay campos, praderas y bosques que lindan con el parque forestal. Es el único sitio donde podemos esconderlo, aunque deberíamos tener mucho cuidado.

—Eso no resuelve el problema inicial. ¿Cómo vamos a llevarlo hasta allí? —objetó Marco—. Hay un buen trecho y estoy casi seguro de que un enorme ciervo azul con un par de antenas con ojos y una cola de escorpión llamaría la atención.

<¿Y si me transformo?>, propuso Ax.

—Sí, pero ¿en qué? —se preguntó Rachel.

Entonces, y para mi sorpresa, Ax se acercó a mí y colocó una de sus delicadas manos con multitud de dedos sobre mi rostro.

<Con tu permiso>, añadió.

Me sentí flotar, no llegué a perder la conciencia, era como si hubiera entrado en trance.

Comprendí lo que estaba haciendo. Me estaba adquiriendo. Estaba absorbiendo mi ADN.

—Um..., perdona, pero ¿vas a transformarte en Cassie? —preguntó Marco—. ¿Puedes adquirir forma humana?

Ax se acercó a Marco y le acarició el rostro. Uno a uno, el andalita nos fue adquiriendo.

Luego empezó a transformarse. He visto muchas metamorfosis extrañas, pero ninguna tanto como aquélla. Esta vez Ax no se estaba convirtiendo en un animal, sino en un ser humano, un ser humano algo especial, porque el resultado sería una combinación de los cuatro animorphs humanos. Sus patas delanteras empezaron a desaparecer y las traseras se hicieron más gruesas y musculosas. De pronto apareció una boca en el rostro andalita. La cola de escorpión fue encogiendo hasta esfumarse. Su cuerpo se desplazó hacia atrás y adoptó una posición erguida.

—Esto..., creo que Ax necesita un poco de intimidad —sugerí.

—¿Va a ser chico o chica? —consultó Marco.

—Sea lo que sea, no miren —indiqué.

Giramos las cabezas, probablemente en el momento oportuno.

—¿Ax? En la pila de ropa hay unos pantalones cortos y una camiseta —explicó Jake—. Póntelos.

Tras unos minutos, nos volvimos. Nos quedamos perplejos. Ax se había puesto la camiseta en las piernas y tenía los pantalones en la cabeza.

—E-e-esto... —vaciló Jake—. Un par de arreglos, y listo. Por cierto, Ax, ¿eres varón o mujer?

—He elegido ser-ser-ser varón —se interrumpió de golpe. Tenía los ojos como platos. El funcionamiento de la boca lo desconcertó. Los sonidos que ésta emitía no resultaban comprensibles para un andalita.

—He elegido ser varón, porque yo soy varón. Palabra. Sí. Varón. ¿Es una buena elección? ¿Elección? ¿Elea-elei-uúnn? —frunció los labios y sacó la lengua—. ¡Qué extraño! —comentó.

—Varón está bien —contestó Jake—. Rachel, Cassie, dense la vuelta. Marco y yo lo ayudaremos a vestirse bien.

Cuando nos dimos la vuelta de nuevo, Ax ya estaba vestido correctamente.

Aun así, había algo raro en él. Su aspecto no parecía del todo normal. Su estatura era un punto medio entre Rachel y Marco; su complexión, la resultante de la combinación entre Jake y Marco. El pelo era castaño, con algunas de las mechas rubias de Rachel y un poco rizado, como el mío. Su piel tenía el color del azúcar moreno: una mezcla de mi tez oscura, la piel morena de Marco y la blanca palidez de Rachel y Jake.

Era humano, y sin embargo, había en él algo raro.

Movía bruscamente la cabeza de un lado a otro.

—¿Cómo miraj? Miraaan. Moauráan. ¿Cómo miran a su alrededor? Rededor..., dedouur. ¿Cómo miran hacia atrás?

Sonreí. Experimentaba lo mismo que nosotros cuando adoptamos una forma por primera vez. Ax estaba acostumbrándose a su nuevo cuerpo o, al menos, lo intentaba. Jugaba con los labios para emitir nuevos sonidos. De pronto, se tambaleó y estuvo a punto de caerse de bruces, si Jake no llega a sujetarlo a tiempo.

—Ahora sólo tienes dos piernas, Ax —le recordó Jake.

—Eso es, dos. Os. Muy inestable.

—Sí, somos una especie muy insegura —confirmó Marco.

—Muy bien, vámonos de aquí —indicó Jake.

—Ax, no hables con extraños en el camino a casa, ¿de acuerdo? —le recomendé.

CAPÍTULO 25

Dejé pasar unos días. Esperé a recuperarme del todo. Decidí hacerlo una vez que me hube asegurado de que Ax se encontraba sano y salvo en los terrenos que rodean nuestra granja, lejos de las miradas de los curiosos.

Esperé a que se hiciera de noche para convertirme de nuevo en gaviota. Me elevé por los aires y me alejé del granero con la intención de hacer una visita al zoológico.

Estaba cerrado y vacío. Sólo quedaban unos cuantos guardas de seguridad. Me hubieran detenido si hubiera intentado entrar de forma normal, pero nadie repararía en una gaviota.

Me posé al lado de la piscina de los delfines y recuperé mi forma humana. No había ninguna luz, sólo la procedente de la luna. Oía chapotear a los delfines. Uno de ellos se acercó, probablemente extrañado de que un humano merodeara por aquellos alrededores a esas horas de la noche.

—Hola —le saludé—. Siento no haberles traído comida.

Luego me encaramé al borde de la piscina y me zambullí en el agua fría.

Tres delfines se acercaron a echar un vistazo. Aquello era todavía más raro: una persona desconocida acababa de meterse en la piscina con ellos. ¡Ese juego era nuevo!

Empecé a transformarme. Eso les llamó mucho la atención y los seis delfines me rodearon. Me observaban detenidamente. Me miraban de reojo al pasar. Poco a poco, me convertí en uno de ellos.

Ya sé que puede parecer una locura, pero sentía que estaba en deuda con ellos.

Quería mostrarles lo que acababa de hacer. Necesitaba que me dieran su aprobación. Deseaba contárselo de alguna manera, decirles todo lo que había ocurrido.

Sin embargo, como ya se pueden imaginar, tan pronto adopté la forma de delfín, me olvidé de todas mis preocupaciones. No recordaba a qué había venido, ni los remordimientos que me habían llevado hasta allí.

Uno de ellos se me acercó, me dio un empujón y después pegó un salto fuera del agua. Giró en el aire y entró en el agua silenciosa y suavemente, como una flecha.

Querían que jugara con ellos. Querían que bailara con ellos.

No lo pensé dos veces.